魔豆

炮灰要向上

vol.2

穿越變成大祭司

香草——著

炮灰要向上 vol.2

目錄

第一章　劍與魔法的世界

鏡靈空間幻化出來的深海並不似現實的海洋黑暗，而是一片賞心悅目的清澈與湛藍。色彩斑斕的珊瑚中，小美人魚似的團子擺動著尾巴游在堇青四周。團子白色的尾巴擺動時展現出夢幻的彩光，在多彩多姿的珊瑚群中也不見遜色，這尾巴的顏色讓堇青想起小時候飼養的白色鬥魚。

「青青，妳不在空間多待一下嗎？不用急著去工作喔。」團子關心地說道。雖然堇青在鏡靈空間裡待的時間不一，但從未像現在這麼快便要求再出任務。

「我在上一個世界完成任務後待了那麼久，已經休息夠了。」堇青抓住這游來游去的小胖魚，把它撈進懷裡揉了揉。因爲一切都是幻象所形成，團子身上的絨毛並沒有因爲在水中而黏成一團，依舊清爽軟綿，手感超好。

頓了頓，堇青好奇地詢問：「話說，團子你是不是在cosplay摩羯座？」

團子立即伸出短短前肢，激動地指著自己的羊角：「這是綿羊角！不是山羊！」

這是人家的原創角色呀！絕對不是cosplay！

堇青當然看得出山羊角與綿羊角的分別，只是故意逗逗它而已。看到團子可愛的反應，再次忍不住揉了揉它的毛：「好啦！我知道是綿羊了，團子好可愛。」

立即被順毛的團子頓時開心起來，這麼一鬧，心大的它也被堇青轉移了注意力，沒再想起先前對於堇青說要馬上出任務的擔心了。

其實團子眞的想多了，堇青雖然確實對於與陸世勳永別感到不捨，卻並沒有深陷在悲傷中。之所以這麼快便投入工作，只是因爲她覺得在前一個世界完成任務後已經休息夠久了，所以才想趕一下進度。

堇青算是個比較冷情的人，畢竟從小嘗盡人情冷暖，又在娛樂圈這個複雜的環境成長，她對人本就有著很大的戒心。然而人非草木，她與陸世勳一起生活了這麼多年，即便是枚石頭都被摀熟熱了，更何況是堇青這個有血有肉的人？

被那個男人珍而重之地愛護了這麼多年，突然失去總是在身邊陪伴照顧著自己的存在，堇青說沒有不習慣絕對是騙人的。

只是她是個很現實的人，既然早已決定要復活自己，並回到原本的世界中，在與陸世勳在一起時便已預想到他們會面臨分離。而她亦有了心理準備，將懷著二人在一起的美好回憶活下去。

堇青從來不是膽怯的人，她不會因爲害怕受傷害而推開這段感情，亦不會因爲不捨而停下前進的腳步。

懷著要向前看的決心，堇青繼續她的旅程，再次穿越到一個新的世界。

每次靈魂穿越時意識都會有瞬間空白，這次也不例外。再次醒來時，堇青便發現自己在一座疑似教堂、充滿了宗教感的宏偉建築裡。

趁著身邊沒有其他人，堇青迅速吸收了原主的記憶。

這次她穿越到的是一個劍與魔法的世界，原主所在的國家名爲安普洛西亞，是一個由皇權統治的帝國。同時帝國還有一個勢力足以與皇權平分秋色的組織，便是信仰「眞神」的教廷。

有趣的是，皇室與教廷的關係意外地融洽。教廷雖有著眾多信徒，然而卻沒有絲毫野心，單純以守護國家、侍奉神明爲己任。堇青覺得相較於地球某些表面清高、內裡藏污納垢的宗教，這個世界的宗教實在是股清流了。

這個宗教還沒有名字，因爲它根本不需要，只因人類信仰的都是同一個教派！

厲不厲害？強不強大？

簡直就強大得嚇死人！

而堇青這次的身分，正是這個強大得嚇死人的宗教的大祭司！

教廷中主教是最大權力者，雖說大祭司的地位比主教稍微低了一點點，但堇青的地位在教廷中可說是一人之下、萬人之上。她只要振臂一呼，便有無數信徒願意為她而戰。

無論怎樣想，原主也應該是個人生勝利組才對。然而堇青會穿越到這個身體便代表著原主的下場絕對好不到哪裡。

與先前世界的那個丞相之女不同，這次的原主雖然有些清高、瞧不起別人，可是心地並不壞，在教廷也兢兢業業地做著自己的份內事。她有著崇高的身分地位，又不是作死惹事的性格，理應過得不錯才對。

可惜原主卻攔了別人的路，最終落得身敗名裂的下場。

這要從這個世界的歷史說起，教廷之所以有如此龐大的勢力，是因為曾經有過「眞神帶領人們對抗魔族，最終把魔族封印」的輝煌過去。這並不是虛無縹緲的傳說，而是曾經眞實存在過的歷史。

甚至根據歷史，在封印了魔族的大BOSS闇之神後，還因爲每隔一段時間便要加固封印，眞神會從異世界召喚勇者過來。直至最後一任勇者夏思思把闇之神消滅，眞神的神蹟這才完全從人們的視線中消失。

然而人們至今仍然確信眞神一直在他們的身邊，只要世界陷入危險，眞神一定會現身保護他們。

正因爲這種強烈的信念，令眞神成爲了人類唯一的信仰。

自從闇之神被消滅後，經過多年和平的時光，人們發現封印之地變得不平靜起來。

闇之神的確被消滅了沒錯，但也許因爲封印之地是闇之神曾待過漫長時光的地方，即使現在闇之神已經不在了，那裡卻殘留了不少闇能量。這些能量與另一個世界、由暗黑生物統領的魔界互相牽引，最終出現了一條接通兩個世界的空間裂縫。

原主便是在這種情況下，帶領一眾祭司與聖騎士前往封印之地修補裂縫。然而，本應屬於她的領導地位，卻讓一個莫名其妙出現的「神女」所取代。

神女的出現沒有絲毫預兆，在眾人禱告的時候，那女生突然平空現身在眞神的神像前。她有著一頭淡金髮色，還有一身比主教與大祭司更爲出色的光明之力。在聖光的照耀下，神女的現身聖潔得不可思議。

眾人都被眼前突然出現的少女驚呆了，不知道誰喃喃自語地說了一句「這麼聖潔的身姿……難道那是眞神的女兒嗎……」，結果那名少女竟眞的承認了這個眞神女兒的身分。

傳說眞神有著淡金髮色與絕美的容貌，與那名叫奧蘿拉、自稱爲「神女」的少女外貌非常相近。再加上少女平空出現，以及一身充沛的光明之力，也難怪一開始就有人往「神的女兒」這聽起來匪夷所思的方向想去。

奧蘿拉出現後發明了一些新的治療方法，溫柔善良的她很快獲得了教廷的喜愛。與她相反，原主卻開始頻頻倒楣了，最後還被誣衊成投靠了魔族的叛徒而被燒死。

原主之所以會有這些遭遇，都是奧蘿拉一手策劃的。

原主到死都不明白，自己從沒得罪過奧蘿拉，甚至還曾與對方並肩作戰，爲什麼對方卻要這樣害她。

然而這看在堇青眼中，卻是件簡單不過的事情。

首先說原主的容貌吧。原主也有著一頭如月光幻化成的淡金秀髮，還有讓人一見難忘的美麗容顏。只是她與奧蘿拉各有各的美，前者高貴艷麗，後者清麗脫俗。

再說原主的實力，身爲大祭司的她從小學習使用聖光的技巧，雖然她體內的光明之力沒有奧蘿拉充盈，然而她使用力量的技巧卻無一不比對方出色。單以在戰鬥中的貢獻來說，原主可比空有力量而不懂運用的奧蘿拉強大得多了。

奧蘿拉在這個世界立身的資本，一是她與創世神相似的容貌；二便是她一身充沛的聖光，因此原主的存在便成了奧蘿拉的眼中釘、骨中刺。奧蘿拉又是個有野心且下得了狠手的人，當然是把她除之而後快了。

堇青穿越過來的時機，正好是奧蘿拉出現的前一天。這時間點實在太好了，她便有著足夠的時間好好算計一下那位來自地球的同鄉。

爲什麼堇青覺得那人來自地球呢，因爲奧蘿拉爲了表現出她的確是眞神的女兒、與這個世界的人大大不同，把不少地球上的事情改頭換面一番後，再宣揚出去，還厚著臉皮把「地球」那個在原住民眼中神奇的地方稱之爲神界。

堇青不得不承認，這位老鄉想像力還眞豐富，把這裡的人忽悠得不要不要的。吸收了原主的記憶後，堇青已對接下來要做的事情有了大致的想法。

首先她要做的，是修改一下原主的人設！

原主爲什麼會比不上奧蘿拉？她到底有什麼敗在對方手上？

堇青覺得並不是能力，而是性格與心計。

原主的能力一點兒也不比奧蘿拉差，要不然對方也不會想把她除之而後快了。然而原主性子清冷，從小被前任大祭司收養視作接班人的待遇，也令她與教廷中的其他人產生很大的距離。

相較於溫柔似水、讓人覺得平易近人的奧蘿拉，原主在教廷眾人眼中是個對他們而言得要仰望的高冷女神。然而這人設過於高貴冷艷，一旦設定被打破，就會讓人覺得無法接受。

類似的事情堇青在娛樂圈看得不少，不少明星出道時都喜歡弄一個人設，然而那些大部分都不是他們的眞性情。要是人設被破壞，粉絲便會產生巨大的落差感，除了會生出強烈的被欺騙的感覺，對那個明星的觀感與信任也會瞬間跌落至谷底。

原主也是一樣，她一直高傲地與眾人保持距離，並沒有特別親密的朋友。與教廷人們的關係就像明星與粉絲，人家只看得到她光鮮的一面，都不知道真實的她到底是個怎樣的人。

因此在奧蘿拉撕破了原主「僞善的假面具」以後，教廷中並沒有多少人爲她說話。因爲與其說他們仰慕原主本人，倒不如說他們仰慕的是有著高冷偉大的大祭司人設的原主而已。

奧蘿拉的確是故意針對原主沒錯，但原主之所以落得眾叛親離，堇青覺得歸根究柢還是在於她性格上的缺憾。要是原主稍微不那麼高傲，一開始被誣衊時也不要不屑於解釋，也許結局便會有所不同了。

因此現在堇青要做的，便是改變教廷的人對自己的觀感。

雖說要改變人設，然而影后大人可不想把原主的性格完全改變，她有信心只要微調一下，便能繼續高冷卻又讓人生不出距離感。

心裡有著大致的方向後，堇青便結束了禱告找主教去。

主教是名慈祥的老者，同時還是原主老師的好友。他從小看著原主長大，把她視作自己的孩子般疼愛。在原主受到誣衊時，也是這位老人一直相信著她。可惜所有罪證都指向原主，主教即使身爲教廷的領導者也無法一意孤行地保住她。

此時在主教的辦公桌前，穿著一身銀甲的青年正在向主教匯報著什麼。聽到堇青進入房間的腳步聲，青年回首看向了她。

這人長得俊美非凡，一頭銀色長髮束在腦後，銀灰色的眸子如寒冰般銳利。

他正是教廷最高武力值——騎士長安東尼奧。

安東尼奧身邊還站著一名棕髮青年，這是他的副官肖恩。看到進來的人是堇青，肖恩立即向少女行了一禮。

聽說安東尼奧有著精靈的血統，他那俊美的容貌及特異的髮色與眼瞳，正是因爲精靈族的血脈所致。

這個俊美的青年在上一世是奧蘿拉的白月光、硃砂痣。即使奧蘿拉來到這個世界後廣開後宮，搜羅了眾多美男子，讓那些出色的青年心甘情願地一起共享她，可是安東尼奧依然是奧蘿拉最想納入後宮，卻一直求而不得的「美人」。

安東尼奧對奧蘿拉一直沒有好臉色，甚至還公開表示過對方混亂的男女關係讓他感到噁心。就衝著這一點，足以讓堇青對這位看起來有些沉默寡言的騎士長很有好感。

堇青是個對感情很忠誠的人，絕對做不到與別人共享愛人這麼「大方」的事，也完全無法理解這種感情。老實說，她也覺得這樣滿噁心的。

騎士長的話，可說是說到了堇青的心坎裡。

安東尼奧的確是個長相讓人驚艷的俊美男子，也難怪奧蘿拉總對他念念不忘。可現在堇青卻無法專注於欣賞聖騎士長的美貌。實在是對方銀色的長髮與銀甲太亮眼，加上正好站在窗旁，根本就是個刺眼的反光體呀！

於是大祭司大人才剛看了安東尼奧一眼，立即便向自己丟了一個治癒術，舒緩一下差點被亮瞎的眼睛。

安東尼奧等人都被堇青的神操作驚到了，肖恩甚至還偷偷看了自家隊長一眼，心想隊長明明還是這麼貌美如花呀！怎麼堇青大人一副眼睛被傷到的模樣？

所幸堇青往眼睛丟了一個治癒術後便再也沒有出奇的舉動，幾人便不再糾結下去。

主教看到堇青出現，樂呵呵地詢問：「小青，妳來找我是有什麼事情嗎？」

一旁的肖恩聞言挑了挑眉，心想也只有主教會把高傲的大祭司視作晚輩看待。其他教廷的長老們面對堇青，不要說親近了，對她都是一副公事公辦的模樣。

倒不是眾人對堇青有任何意見，長老們與主教一樣都是看著堇青長大的。只是堇青待人太高傲，不太喜歡與人親近。長老們也不好與她套近乎，雙方便保持著不遠不近的關係。

堇青聞言高傲地仰起頭顱：「沒事就不能找您嗎？」

雖然這話說得高傲無比，然而語氣卻帶著對長者撒嬌的意味。聽起來不只不會讓人反感，反倒令人覺得有些可愛。

這正是堇青深思後決定用來取代原主高傲性格的新屬性，在地球上迷倒不少宅男的——傲嬌！

高傲的女神離眾人很遠，可是口是心非的傲嬌，不是很讓人想要親近、偶爾逗逗她嗎？

看到堇青雖然一臉高傲，卻不自覺透露出對自己親近的模樣，主教不由得再次露出慈祥的微笑，道：「當然不是，我自然是很高興小青妳來找我。只是這時間，妳不是應該在看書嗎？」

閱讀是原主少有的興趣之一，這喜好很文靜也很宅，每天禱告後原主都會雷打不動地待在房間裡。不用出任務的日子，教廷的其他人鮮少能夠看到他們的大祭司大人一面。

別人不知道堇青的宅屬性，還誤以爲對方不屑與他們混在一起，就更加不與她親近了。奧蘿拉穿越過來以後，也是看到了這點，輕易便把原主孤立起來。

當然，工作的時候原主還是會好好做的。不過她那又宅又驕傲的性格，註定了她與同伴不會有太多的交集。

明明教廷中不少人還是與她一起長大的孤兒，彼此之間的關係卻只比僅知道名字的陌生人強不了多少。

聽到主教的詢問，堇青便道出了她的來意：「聽說卡瑪城也爆發了疫症，我想去看看。」

眾人聞言不禁一愣，畢竟一般的工作堇青素來不會參與。只有在發生普通祭司無法處理的事情時，她才會出手。

這方面堇青與安東尼奧正好相反。二人地位相當，然而前者若事情用不著她時，便不會出手，後者卻是個工作狂，有空便會主動接其他任務。這副任勞任怨、閒不下來的模樣，倒是讓他在教廷中獲得不少人的愛戴。

現在大祭司大人竟然主動提出與他們一起出任務……肖恩突然想起先前堇青看到安東尼奧時那奇怪的行為……

難道不是隊長長得太醜太傷眼，而是隊長艷光四射所以眼睛不舒服？

隊長大人的春天要到了嗎？

不過愛慕者若是這位出名難相處的大祭司的話，肖恩也不知道這到底是不是好事了。

主教顯然也覺得堇青這麼主動有些不尋常，不由得露出訝異的神情。

堇青見狀解釋：「不知道為什麼，我這段時間總是心緒不寧。這也許是真神給予我的警告，因此我想出去走走，看看外面有沒有什麼異狀。」

祭司有著溝通天地、傳達眞神旨意的能力，其中又以大祭司的能力最強。聽到堇青的話，眾人的表情皆嚴肅起來。

尤其最近的確不太平靜，各區頻頻出現狀況。這讓眾人忍不住生出眾多聯想，心裡對近期的異狀更多了些警戒。

只聽堇青續道：「何況我聽說瘟疫已經持續了一段日子，你們還未處理好也實在太沒用了，只能我親自去看看……絕對不是擔心你們！」

原本聽著堇青前半段的話還覺得有些許不悅，然而到了後半段，安東尼奧與肖恩卻感到哭笑不得。

這次的瘟疫確實比想像中還要棘手，安東尼奧他們這次回來便是向教廷請求增援。既然堇青自動請纓，自然是再好不過了。安東尼奧鄭重地向堇青點了點頭，道：「那就拜託堇青大人了。」

第二章・神女出現

堇青向安東尼奧等人確定接下來的行程後使先行離開，兩名聖騎士則留下來繼續與主教商議先前討論的事情。

待二人離開主教辦公室時，悶了一肚子話的肖恩終於可以暢所欲言了：「堇青大人竟然主動與我們一起出任務耶！真是太令人驚奇了。」

相較於一臉驚訝的肖恩，安東尼奧倒是依舊一副處變不驚的模樣：「她身爲大祭司，關心我們的任務也很正常。堇青大人說的沒錯，最近頻頻出現各種事故實在有些不尋常，是我們掉以輕心了。」

肖恩聞言不由得吐槽道：「重點是這個嗎？隊長你還是這麼一板一眼的工作狂啊……不過現在看來，其實大祭司大人也不是像別人所說的那般高傲不近人情嘛，反而看起來還是個外冷內熱的人呢！」

想到少女那副明明擔心著他們，卻生怕別人得知自己眞正想法般欲蓋彌彰的模樣，肖恩便覺得大祭司大人其實還滿可愛的。

安東尼奧則對此不予置評，無論是先前別人說堇青高傲不好親近，還是剛剛肖恩對對方外冷內熱的評價，安東尼奧只相信自己所看到的，他總覺得……無論是哪一面，都不是眞正的堇青。

以前安東尼奧不是不曾與堇青一起出過任務，不過對於這位身分高貴的大祭司，安東尼奧其實沒有給予太多的注意。

然而這一次在主教辦公室的短暫見面，他卻敏銳地察覺到堇青變了。就像一個不起眼的靈魂注入了新的色彩，不斷吸引著自己的視線。

堇青不知道兩名聖騎士對她的評價，即使知道了也不會在意。畢竟改人設這種事情她已經很有經驗了，並不認爲自己會失敗。讓教廷的同伴們接受自己，堇青相信只是時間的問題而已。

前往卡瑪城的目的達成後，堇青便回到房間，開始根據原主的記憶，整理著治理瘟疫所需的準備。

整理著出行的東西時，堇青不禁想到一些很有意思的事情。

記得在原主記憶中，奧蘿拉發現她身上的光明之力雖然比原主強，但在實際運用方面卻怎樣也比不上原主後，便利用在地球上習得的知識來獲取優勢。

只是奧蘿拉在穿越以前的生活應該與醫術扯不上什麼關係，因此用來處理瘟疫的手段都是從小說、電視等看過後搬來的，甚至不少細節都記不清楚了。因此這些資料的準確性自然不足，不少治療方法根本無法對症下藥。

也幸好前往處理疫症的不少是有著治療能力的祭司，有了聖光的輔助總不會把人醫死，雙管齊下總算將瘟疫治理好。

奧蘿拉一個門外漢用著東拼西湊出來的知識也能夠治好的瘟疫，換成堇青出手，更加是輕而易舉的事情了。要知道在上一個世界，她可是師承神醫的呀！

想到奧蘿拉拿地球的知識出來炫耀，最後才發現這些都是別人用剩的招數，到時候她的表情一定很精彩，堇青想想便覺得有趣。

懷著這種惡趣味，堇青整理資料的動作更是明快了幾分。第二天一早，便與應對瘟疫的隊伍會合，一起往卡瑪城出發。

卡瑪城的瘟疫擴散速度很快，安東尼奧二人回來教廷是尋求救援的。再次出發時自然不只他們幾人，還帶著眾多聖騎士與祭司。那些人看到堇青竟然與他們同行，全都露出了訝異的表情，走路都帶點飄的。

堇青見狀一臉黑線，心想原主到底有多宅多高傲，怎麼主動出個任務，同行的人便如此受寵若驚!?

雖然有心與眾人拉近距離，不過堇青也沒有趕著與他們拉關係。畢竟過猶不及，她怎樣說也是那些人的上司。親民可以，但過於急切便顯得有些掉價了。

堇青慶幸這次穿越過來的身分夠高，至少無論這些人對她的觀感如何，她想推行的措施都能夠暢行無阻地實行。

出發前堇青便已根據對瘟疫的了解，調製了各種藥粉。她讓聖騎士把消毒殺菌的藥粉撒在屍體、嘔吐物等等不潔的物事上。亦讓祭司們在爲患者做聖光治療時，讓患者喝下她特調的解毒劑。

這個世界處理傷勢與病患的方法非常簡單直接，便是找祭司用聖光將人治好，一個治癒術治不好便用兩個。

也因爲治癒術實在方便又有效，因此這裡的人皆非常依賴聖光，反而忽略了其他治療方法。

以往發生瘟疫，教廷都是派人使用聖光直接治好患者。因爲教廷分會遍布各區，只要及時處理，基本上都不會有太大問題。

只是菫青很清楚，這次的瘟疫並不是尋常疾病引起，而是因爲闇元素聚集所引發的惡劣反應。亦因爲光闇相剋的屬性，雖然教廷這次像往常般派出祭司治療，然而效果卻大打折扣。

沒有從一開始便將患上疫症的病人治好，結果這傳染力強大的瘟疫便迅速蔓延，最終變成了現在無法控制的狀況。

患病的人多了，祭司無法治好所有病人；再加上城內不少地方已被病毒感染，即使病人被聖光治好，但很快又會再次感染上疫症。

所幸祭司們即使無法消滅疫症，但至少治癒術能夠保住病人的性命。雖然現在整個卡瑪城都看不到健康的居民，但暫未有人因此死亡。

菫青知道現在這狀況單靠聖光治療已經不可行了，在治療患者的同時，防止疫症繼續傳播同樣重要。

只是這世界的人並沒有太多相關認知，往往都是直截了當的治癒術！治癒術！

因此當堇青要求他們做一連串動作時，眾人對此皆不明所以。只是大祭司是這裡最高的領導者，無論大家心裡怎麼想，既然下了命令，他們也是要照辦的。

聖騎士們拿著堇青派發的藥粉，兢兢業業地開始進行對方要求的消毒行動。因為對於這事情並不了解，教廷的人忍不住暗地裡怨聲載道，都覺得這麼忙碌了，堇青卻還要他們去做這些莫名其妙的事情，實在是太不懂事。

肖恩也是其中的一員，雖然他沒有多說什麼，可是心裡對堇青生起的好感，在這忙碌撒藥粉的行動下消磨了不少。

令一眾聖騎士感到意外的是，他們的頭領、聖騎士長安東尼奧，並未對堇青這奇怪的命令有過任何微言，好說話得不得了。

要知道安東尼奧這個責任心特重的人，對於每個任務都是慎重其事地對待。堇青下達的一連串命令在這些原住民眼中看似兒戲，然而因爲地位的差距，他們也只能領命。可安東尼奧這位聖騎士長明明有拒絕的權力，爲什麼也不管管呢？

肖恩忍不住詢問對方，安東尼奧沉默了半晌，道：「雖然我不知道那些命令的意義何在，但我覺得堇青大人不會在這種事情上亂來。她應該是眞的認爲這樣做能夠對治理疫症有所幫助。既然如此，就先觀察看看吧。」

有點意外自家隊長對堇青的認同，不過肖恩還是很相信安東尼奧的觀察力。既然對方覺得堇青並不是亂下命令，那麼肖恩便收起了成見。甚至對於那些奇怪的舉動將會產生的效果，還暗暗生出了期待。

在眾人為了治理瘟疫而忙碌著的同時，皇城那邊傳來了消息——在祭禱時，突然有一名少女平空出現。

少女有著淡金髮色與絕美的容貌，最重要的是她一身光明之力強大得幾乎閃盲眾人的眼。當有信徒喃喃自語說彷彿看到神的女兒時，那名叫奧蘿拉的少女竟然沒有反對！

這本是足以讓眾人震驚的消息，只是消息傳來時，正好碰上堇青所下達的一連串指令初見成效。眾人欣喜若狂之餘，做起事情便更加賣力。皇城出現神女的訊息雖然勁爆，但那時候眾人都恨不得一個人能分成兩個用了，便沒有餘力再去關注那位不知道是真是假的神女。

直至眾人終於把卡瑪城從瘟疫中拯救出來，能夠鬆一口氣來關注皇城的狀況時，奧蘿拉已在教廷中站穩陣腳。雖然神女的身分仍未獲教廷承認，但有不少人已相信了她就是神女。

「聽說那個名叫奧蘿拉的少女性情溫和，樂善好施，還是個大美人呢！大祭司大人，妳覺得她眞的是神女嗎？」束著馬尾的紅髮祭司黛西，興致勃勃地詢問。

這小姑娘在所有出行的祭司中年紀最小，因此堇青對她特別多了幾分關照，結果不知不覺便被這孩子纏上了。

聽到黛西的話，其他祭司也注意起堇青的回答。透過這段時間的相處，他們已經察覺到大祭司並不如她表現出的難相處，雖然有時候會表現得很不耐煩，但其實是個很會照顧別人、心地很善良的人。而且她還學識淵博，這次之所以能夠成功控制疫症也是她的功勞，因此眾人都很想聽聽堇青是怎樣看待這件事的。

「妳是泥猴子嗎？怎麼摘草藥總會弄得一身泥呢？」堇青並沒有立即回答黛西的詢問，而是責怪了少女一句。雖然她的語氣很不好，又一臉不耐煩，然而爲黛西抹去臉上泥痕的動作卻很溫柔。

眾人看到堇青的舉動，都能感受到少女埋藏在高傲外表下那溫柔的內心。皆覺

得心裡一暖，不由得露出善意的微笑。

現在他們已經能夠分辨出堇青口不對心的舉動了，對堇青這位大祭司更加地親近與敬重。

在確定了新方法對治理瘟疫有效後，眾人都奇怪堇青從小在教廷長大，明明學習的東西與他們一樣，這些他們從未接觸過的事情，對方到底是怎麼知道的？

堇青自然看出眾人的疑惑，便不經意地解釋她之所以經常躲在房間沒有與眾人互動，是因爲她一直在研究能夠不使用聖光的治療方法。而這次治理瘟疫的措施，便是她這些年研究出來的。

堇青的話讓眾人肅然起敬，能夠把前人的成就發揚光大固然了不起，然而創新卻更令人敬佩。

再想想堇青在努力研究新的治療方法的同時，聖光的學習與運用也沒有落下，從小在教廷的考試中一直名列前茅。

那些總是在心裡埋怨大祭司太過高冷、不合群的人，在得知她原來一直花時間苦心鑽研醫術後，都因爲自己的誤解而羞愧萬分。

其實他們並沒有想錯，原主的不合群的確是因爲她太高傲。堇青故意讓他們誤解，大大替原主洗白了一番。

以後誰再抓住這一點來抨擊她的話，只怕不用堇青自辯，現在這些知道「眞相」的人便會替她回擊過去，想想還滿期待呢！

堇青深藏功與名，再次向眾人表演了一次她的傲嬌屬性後，便坦言對突然出現的神女的看法：「妳問我對那所謂的神女的意見嘛……我覺得那個人非常可疑。」

「咦？」堇青這話可說是很不客氣的了，不只黛西，其他關注堇青意見的人都不禁露出意外的表情。

畢竟那個奧蘿拉是不是神女還是未知數，堇青這麼說不怕得罪對方嗎？

堇青高傲地仰起下巴冷哼了聲：「我知道你們在顧忌什麼，可我這人素來有話直說，難道你們就不覺得那個奧蘿拉很可疑嗎？她自稱是眞神的女兒，然而我們卻沒有從眞神那裡收過任何相關的神諭。何況眞神是世上唯一的神明，祂永生不滅，又不像我們這些凡人需要子女傳承血脈，那麼祂創造一個女兒出來幹什麼？」

見到眾人深思的表情，堇青續道：「我覺得那個奧蘿拉嘛，就只是個光明之力特別強大的凡人而已。要是她說自己是領著眞神旨意而來，想當個教廷的聖女的話，我還不至於這麼懷疑她。只是她也太貪心了吧？說自己是眞神的女兒，眞不知道她的臉到底有多大。」

眾人聞言皆覺得恍然大悟，他們其實一直覺得奧蘿拉的身分很可疑，只是要仔細說卻又說不出理據；而且他們還未見過本人，不方便提出質疑。然而堇青一番話合情合理，有很多部分都說到了點子上。

堇青不知道到底是什麼原因，讓上一世的人們相信了奧蘿拉的神女身分。也許那個女人眞的有著強大的個人魅力，又或者是她受到了法則的偏愛。畢竟在小世界中，主角光環這種東西是眞的存在。

即使如此，堇青也不會因此而畏縮。畢竟法則只能給予這些氣運之子一些便利，而堇青卻覺得決定勝負的主要關鍵從來都不是運氣。

堇青選擇在奧蘿拉穿越過來的時候離開皇城，也不是害怕對方、想避免與她產生正面衝突，而是想趁著治理瘟疫來培養自己的班底。

共患難是最好增進感情的方法，這些與她一起前往卡瑪城的伙伴已經成功被堇青收服，對她崇拜得不要不要的。在堇青故意領頭下，他們對還未見過面的奧蘿拉的觀感絕對好不到哪裡去。

眾人之中，地位僅次於她的聖騎士長，更是堇青這次拉攏的主要目標。在原主記憶中，安東尼奧本就對奧蘿拉不太信服，現在經堇青這麼一分析，只怕對對方的印象便更加不好了。

第一印象對每個人來說其實是很重要的，因爲要改變既有的印象是一件困難的事情。

在上一世奧蘿拉便是利用了原主的高傲讓教廷眾人與她離心，當裂痕產生後，想要修補便不容易。奧蘿拉便這樣一步步地敗壞原主的名聲，最終願意相信原主的人已經沒有多少了，奧蘿拉便誣衊她讓她眾叛親離。

千里之堤，潰於蟻穴，有時候無形的言論也可以殺人，奧蘿拉只是動動嘴便將原主推向了深淵。

現在堇青便把她對原主做過的事情回報到她的身上，到底能夠造成怎樣的影響，堇青可是很感興趣的呢！

而且堇青說的是事實，她並不覺得對方真的是所謂的神女，甚至已經對奧蘿拉的身分有了些猜測。何況她沒有像奧蘿拉對付原主那樣一盆盆髒水潑往原主身上，堇青覺得自己已經很厚道了。

懷著對奧蘿拉的惡意，堇青邊「不經意」地分析一下神女的眞僞，邊與成功對抗瘟疫的大部隊返回皇城的大本營。

▲▲▲

自從穿越到這個世界以後，奧蘿拉便混得風生水起。

在地球時，奧蘿拉的生活一開始也過得很不錯，畢竟她長得漂亮，人們對於美麗的皮相總是多了幾分寬容。

然而她過了十多年被人追捧著的生活後，卻在高中時一落千丈。

奧蘿拉與一些男人的床照被人曝光在網路上，其中甚至不少是有頭有臉的成功人士。這些男人有些是有妻兒的，當中更有她好友的男朋友。

當時奧蘿拉的事情在網路上引起很大的轟動，好友因此與她絕交，在學校，她也變成了過街老鼠般人人喊打。甚至住處的地址都被公開在網路上，她家的大門寫滿不堪入目的字眼，外出時還被人潑糞了！

但最讓奧蘿拉難以忍受的，是那些人看著她時的不屑目光。

雖然她平常總以溫柔的面目示人，可其實是個心高氣傲的人。即使受著萬千責罵與聲討，奧蘿拉卻依舊不覺得自己有錯。

她與她的男伴們都是真心愛慕對方，這是真愛！那些男人的妻子與女友只是厚顏無恥地橫擋在他們愛情之間的攔路石，憑什麼看不起她!?

還有那些路人，明明是局外人，根本就不明白她與男友們之間的真摯感情，卻多管閒事地把她罵得一文不值，憑什麼？

奧蘿拉承認自己很花心，只是她實在無法在這些男人之中選擇其中一個。她有什麼辦法？她也很絕望呀！

雖然她同時與不同男人交往，可是奧蘿拉認為她對每個男人都是真心的，便算不上是在玩弄感情。

幸好在她人生陷入絕境時，獲得一個逃離目前境況的機會。奧蘿拉碰上了一個有著淡金髮色的美麗少年，這個神奇的少年給予她任務，報酬是一身充沛的光明之力，以及崇高的地位。

來到這個異世界後，沒有人知道她的污點。而且她還有著卓越的能力，剛到便被教廷看重。

奧蘿拉相信，她絕對是這個世界的主角！

既然是主角，她便覺得自己可以在這裡釋放自我，不用再被無謂的道德觀所束縛了。穿越以前她最大的執念便是感情生活，所以來到這裡後便立下了雄心壯志，要把這個世界中所有出色的男人納入她的後宮裡！

奧蘿拉春風得意，她長得美麗，而且這種美是看起來清純乖巧、沒有任何侵略性的美麗，再加上她很懂得表現自己的優點，很快便成爲不少人的夢中女神。

只是那些仰慕她的人奧蘿拉都看不上眼，既然她是世界的主角，就應該被所有人捧著，那些普通的男人自然配不上她。然而她也沒有拒絕那些人的示好，而是一直曖昧地吊著他們，給予他們希望，卻又保持著一定的距離。

不過，奧蘿拉心裡的優越感，在偶然聽到教眾討論教廷中的大祭司堇青時，受到了威脅。

聽說堇青是前任大祭司的養女，從小便作爲繼承人培養。不單長相絕美，地位高貴，還有著卓越的天賦。

這個堇青，根本就是主角人設吧!?

不不！主角是我才對！我是神女，是最崇高的人！

只是奧蘿拉自己心裡明白，她的「神女」身分是摻著水分的。她本就心虛，現在得知了比她還要優秀的堇青的存在，便深怕會被對方比下去。

再加上教廷雖然對她很不錯，卻一直不承認她神女的身分，這讓奧蘿拉心裡更加忐忑不安。

因爲心裡對堇青的在意，得知對方隨同部隊從卡瑪城回來時，奧蘿拉便加入了迎接的行列，想看看對方到底是不是如眾人所形容般出色。

結果當奧蘿拉看到堇青後，即使是素來很注重形象的她，也忍不住直接黑了臉，精緻的臉上滿是嫉妒。

雖然兩人素未謀面，然而她一眼便看出隊伍中誰是堇青，只因對方的容貌實在太出色了！

聖潔的純白祭司袍更能突顯出對方艷麗的容貌，尤其那雙瀲灩的眸子最吸引人，顧盼間流露著一股說不出的動人風情。

即使是素來以容貌自負的奧蘿拉，也不得不承認她與堇青雖是不同類型的美人，然而單論吸引力，她卻稍遜對方一籌。

再想到大祭司在教廷中的崇高地位，「神女」身分一直不獲教廷承認的奧蘿拉更是對堇青又妒又恨，並強烈地感到自己的重要性被威脅了。

這瞬間，奧蘿拉便生出了要把高高在上的堇青拉下來、並踩在腳下的心思。她無法忍受同在教廷中，卻有一個比自己出色、比自己更加光彩奪目的存在！

所幸堇青雖然容貌絕美、能力高強，但以奧蘿拉這段時間打聽得來的情報，對方性格高傲，不懂與別人相處。奧蘿拉覺得只要抓住這點好好操作，讓教廷的人與堇青離心並不難。

正好奧蘿拉最擅長的，便是挑撥別人的關係了。要知道在地球時她的閨蜜與男友感情很好，可那男生最後還不是被奧蘿拉得手了嗎？

這麼想著，奧蘿拉心裡便踏實了不少。心情放鬆之下，她便移開了緊盯著堇青的視線，打量著與堇青一起前往卡瑪城的人。

這一看頓時不得了！奧蘿拉在聖騎士的隊伍中，看到了一個長相非常俊美的銀髮青年！

這個引得奧蘿拉目不轉睛盯著的人，自然是聖騎士長安東尼奧了。

奧蘿拉的目光黏在安東尼奧的身上，完全無法移開。這麼俊美，而且一看便感覺得出來是個很強大的人，奧蘿拉覺得要是不把他收進後宮，簡直就對不起她這一次的穿越了！

同樣早就很想會會對方的堇青，遠遠便關注著教廷前來迎接的團隊，在奧蘿拉打量她的同時，堇青也在打量著對方。

正想著奧蘿拉果然如原主的記憶中，是個外表看起來溫柔和善特無辜的綠茶婊時，便見對方移開了視線，一副餓狼相地盯著安東尼奧看。

堇青嘴角抽了一下，心想如果這個小世界是由小說衍生的話，那奧蘿拉必定是三觀不正的肉文女主，看到美男子便挪不動腿了！

第三章・初次交鋒

堇青走到安東尼奧身邊，伸出手戳了戳他的肩膀，笑道：「看來神女大人很愛慕你啊！」

堇青從沒有隱瞞她對奧蘿拉的懷疑與不喜，說到「神女大人」四個字時，語氣滿是嘲諷。

以安東尼奧的警戒心，在對方一開始盯著自己看的時候便已察覺。只是見對方穿著教廷的服飾、知道是同伴不是敵人，於是便沒有繼續理會她，任由對方盯著。現在聽到堇青的話，情商特低的安東尼奧這才知道奧蘿拉那視線的含意。

不知爲何，解釋的話瞬間脫口而出：「妳別誤會，我對她沒有任何想法。」

這話一出，安東尼奧自己倒是愣住了。

堇青也同樣愣了愣，隨即好笑地道：「你這種反應，倒顯得我像是個吃醋的女子般。」

這次卡瑪城的疫症確實凶險，眾人在共同抗疫的這段日子裡都生出了革命般的友誼。因此堇青與安東尼奧的關係也好了很多，說話亦變得隨意起來。

然而這打趣的話聽在安東尼奧耳裡，卻讓他有些不好意思。看著堇青眉眼帶笑的模樣，他素來平靜的心怦怦亂跳，不自然地偏開了視線。

那一瞬間，堇青對眼前的青年生出一種熟悉的感覺，同樣的穩重、同樣的容易害羞……雖然二人的外貌有著很大的不同，可堇青卻覺得安東尼奧與陸世勳在那刹那如此相像。

然而很快地堇青又搖了搖頭，把這想法否定了。她覺得自己也許是太思念陸世勳，才會因爲安東尼奧這個小動作，把兩人聯想在一起吧？

畢竟她被陸世勳寵愛了一輩子，那男人堪稱好伴侶的典範。堇青雖然不至於沒有對方便活不下去，但仍是很懷念這個待自己很好的伴侶。

就在堇青失神的瞬間，奧蘿拉已經來到二人身前。

看到堇青與安東尼奧態度自然地相處，看起來郎才女貌，匹配得很，奧蘿拉頓時待不住了。

那可是我看中的男人呀！怎可以被別的小賤人搶去!?

抱持著該出手時便要出手的原則，奧蘿拉立即走到二人面前怒刷存在感。

「你們好，初次見面，我是剛加入教廷的奧蘿拉。」只見長相清麗的少女款款而來，臉上帶著溫柔的微笑，柔情似水的眸子含羞帶怯。讓人生出保護欲之餘，又彷彿充滿了其他暗示。

要是一般男人，只怕會陷入奧蘿拉的一抹柔情之中，可惜安東尼奧並不是個愛好美色的人。

相較於柔弱的美人，他更關注每個領域中出色的強者。像奧蘿拉這種空有神女之名，卻沒有做出什麼亮眼成績的人，可不在安東尼奧關注的行列中。

因此安東尼奧在禮貌性地點了點頭後，便沒有與對方多說什麼。反而堇青卻是無禮地把對方從頭打量到腳，隨即高傲地詢問：「妳就是那個自稱是神女的人嗎？」

見到奧蘿拉盯著自己時那嫉妒的眼神，對方顯然已經把自己視爲敵人。既然都是敵人了，堇青沒打算給對方面子。

何況堇青本就不認爲對方眞的是眞神的女兒，更不會讓奧蘿拉輕易認個高高在上的位子踩在自己的頭上。

堇青高傲的態度刺痛了奧蘿拉的玻璃心，她心裡想著堇青果然如傳聞所說的難相處，邊露出難過的表情，甚至還流下了淚水：「大祭司大人，妳爲什麼要針對我呢？即使我是眞神的女兒，但也不會妨礙到妳在教廷的地位啊！」

原本堇青三人聚在一起已經很惹人注目了，現在奧蘿拉這麼一哭，頓時把眾人的注意力都吸引了過去。

看著眼前的少女說哭便哭，而且還哭得梨花帶雨、我見猶憐，堇青肯定她一定是練過的。畢竟要哭出眞眼淚難，要哭得美更難。

看到奧蘿拉的實力，堇青便覺得原主眞的輸得不冤。原主本就不是個有機心的人，敵方還是個有野心、有演技的綠茶婊，也難怪原主輸得一敗塗地了。

然而堇青可不是原主，傻兮兮地任由對方敗壞自己的名聲。對方裝可憐，堇青便裝無辜，比演技，堇青從未輸過！

只見堇青露出一副無法理解的神情，一臉錯愕地申辯：「我沒有針對妳啊！難道我說錯了，妳已經被教廷承認了神女的身分？是因爲我遠在卡瑪城，所以收到的訊息有時間落差嗎？」

奧蘿拉聞言一窒，雖然她覺得很沒面子，可是卻不敢說教廷已經承認了她的神女身分。只得含糊地說道：「教廷仍沒有爲我的身分進行確認……」

「那就是未獲承認對吧？」堇青點了點頭，隨即又追問：「那妳到底說我在針對妳什麼？既然教廷還未認可，那麼妳的神女身分的確是自稱的啊。我才剛從卡瑪城回來，也只與妳說了一句話而已吧，妳爲什麼要誣衊我針對妳？」

堇青知道奧蘿拉想讓人誤會自己在橫蠻無理地欺壓人，而她則是那個被人欺負的柔弱小可憐，堇青當然不會讓她如願了。

想不到堇青瞬間洗白了自己，還追問著要討個說法，奧蘿拉一時之間找不到合適說詞，便只得繼續賣慘，眼中泛著淚水地說道：「抱歉……是我用詞不當……大祭司妳別生氣……」

看到奧蘿拉可憐兮兮的模樣，堇青很直白地說道：「既然誤會解開就好，妳就別哭了。我又沒有罵妳，反而妳一開口就說我針對妳，我才要覺得委屈呢！妳這副模樣，別人看到還以爲我對妳怎麼樣了。」

說罷，堇青不待奧蘿拉再說什麼便邁步離開，一副煩對方煩得不行的樣子。一旁的安東尼奧也絲毫沒有憐香惜玉的心思，隨即便離開，最後只剩下奧蘿拉一人掛著淚珠半掉不掉，看著二人離去的背影，完全反應不過來。

一些稍遠處的人看到奧蘿拉這副可憐的模樣，還眞的誤以爲她被堇青欺負。只是堇青與奧蘿拉交談時，不少人把她們的對話聽進耳內，那些誤會了堇青的人很快便被同伴糾正。

一些原本對奧蘿拉很有好感的人，不由得感到對方這一連串舉動有些不妥，怎麼好像有種……很做作的感覺？

奧蘿拉也不敢繼續對堇青糾纏下去，她是眞怕了對方的那張嘴，什麼話都敢直白地說出來，讓她有些下不了台，深怕被人看出她故意針對堇青的深意。

「嘻嘻！青青妳快看，那個奧蘿拉都快被妳氣死了。」

團子幸災樂禍的嗓音引起了堇青的興趣，她回首便看到對方的臉被氣得一陣紅一陣青，偏偏還要竭力裝成不在意的模樣，堇青便覺得心裡超爽的。

奧蘿拉竟然在她面前賣弄演技、裝可憐，影后大人心裡都快要笑死了！

要是奧蘿拉還想要實行上一世對付原主的老路，堇青也不怕，因爲她早已挖好了坑，就看神女大人什麼時候要找死了。

回到教廷以後，堇青便繼續過著她吃吃喝喝、當書蟲的日子。

相較於堇青的悠閒，奧蘿拉便忙碌得多了。

她更積極地刷著存在感，用一副悲天憫人的神女姿態爲貧苦大眾治病療傷。同時又與教廷中人交好，雖然奧蘿拉的神女身分仍未獲得官方承認，可是有不少人都覺得奧蘿拉這個善良又身懷充盈聖光的少女必定是神女沒錯。

只是相對於這些路人甲的好感度，奧蘿拉更在意的卻是安東尼奧對她的想法。只要一想到聖騎士長那不似凡人的俊美容貌，以及健碩的身材，愛好美色的奧蘿拉便覺得心裡癢癢的。

甚至奧蘿拉還已經自顧自地妄想著只要安東尼奧願意從了自己，憑青年的優秀，再加上對方是她來到這個世界後的第一個「戰利品」，奧蘿拉不介意給予安東尼奧「正宮」的位子。

幸好安東尼奧看不出奧蘿拉的想法，不然別說與她親近了，他立即便會把對方轟出教廷。

奧蘿拉發現無論她怎樣示好，安東尼奧都對她視若無睹。反而她多次撞見安東尼奧與堇青說話時，眼神特別柔和，那二人的關係看起來竟然很不錯。

這讓她產生了深深的危機感，原本她便對堇青又羨又妒，現在更加深了想要將對方踩在腳下的決心了。

可憐的安東尼奧，他一定是被堇青迷惑了！不然我這麼好，他怎會待我這樣冷淡？

我是被選中的人，理應站在崇高的位子。也只有我才配得上安東尼奧！

奧蘿拉一股腦兒地將自己勾搭失敗的原因都歸咎在堇青身上，心裡記恨之下忍不住便出手了，於是很快教廷便傳出各種有關堇青的流言。

「大祭司大人今天仍是不與我們一起出任務嗎？」

「為什麼這樣問？這種程度的任務，堇青大人一向不出手的不是嗎？」

「可是看安東尼奧大人與奧蘿拉大人，不也與我們一起做著同樣的工作嗎？」

「哎呀，你又不是不知道安東尼奧大人一向是個工作狂。」

「那奧蘿拉大人呢？她可是神女耶，不也這麼努力地出著任務嗎？」

「你這麼說好像也沒錯……奧蘿拉大人真的太善良了。」

「說不定堇青大人只是單純不想與我們在一起呢，你也知道她不是太看得起我們。」

「哎……你這麼說不太好……不過堇青大人真的太高傲了些……」

「真的，還是神女大人好，溫溫柔柔的，與她相處起來特別舒服。」

「青青，現在教廷的人都在拿妳與奧蘿拉比較喔！」團子看到這種狀況，立即把事情告知堇青。

然而堇青卻一副老神在在的模樣，一點兒也不著急：「是奧蘿拉出手了吧？打壓別人來捧自己，她的手段果然也只有這些了。」

「青青打算怎麼辦？要啪啪打臉了嗎？」團子興致勃勃地追問。

「還未到打臉的時候。」堇青惡趣味地說道：「讓這話題繼續多發酵一段時間好了，這樣逆襲起來才有意思。最好他們把我說得壞些，如此一來那些說過我壞話的人，在知道『眞相』後會更加內疚。」

說罷，堇青便拿著她整理出來的醫術資料來到了主教的辦公室。並向主教提議，讓那些與她一起前往卡瑪城的人先學習。

「他們在卡瑪城已經接受過基本訓練，而且也了解這些資料的成效。現在大家都太依賴聖光了，要是無憑無據拿出這份資料讓其他人學習，大家對這些資料了解不深，也許會產生抗拒的心態。還是先讓一些人學習下來，到時候其他人看到成果了，也比較容易接受。」堇青解釋。

主教覺得堇青的話很有道理，於是便讓安東尼奧等人跟隨堇青學習醫術。

堇青之所以這麼建議，固然有她所說的原因在，但其實她還想著要把安東尼奧這些人與其他教眾分開，畢竟這些人都是知道堇青宅不合群的「眞相」，是因爲要鑽研醫術，並不是看不起其他人。

堇青還想讓謠言繼續擴散呢！萬一安東尼奧他們聽到別人的討論，告訴了那些人眞相那就不好玩了。

一如堇青所預料，在他們閉關鑽研醫術的時候，對堇青不利的言論漸趨激烈。

雖然眾人都很敬崇堇青這個大祭司，對她的實力也非常認可，但對她的觀感仍難免被這些言論影響。

其中有些人本就對堇青的高傲感到不滿，現在更覺確定了堇青看不起他們。不知不覺間，雖然教廷的一切看起來沒有大變化，但暗地裡可謂波濤洶湧，人們對大祭司的不滿正逐漸滋生著。

再加上這些言論在有心人的引導下，他們還拿奧蘿拉與堇青做比較。這麼一比，自然是善良溫柔又強大的神女大人更得人心，亦更襯托出堇青的傲慢。

奧蘿拉表面上裝作不知道這些言論，心裡卻對此充滿了快意。只是她有點意外言論都傳成這樣了，堇青卻還不出來闢謠，反而神龍見首不見尾，難道是躲起來哭嗎？

看不到堇青頹廢的模樣是有些可惜，但想到對方在教廷這麼多年卻混得這麼差，簡單的挑撥便讓眾人對她生出不滿，奧蘿拉頓時覺得自己把堇青視作對手也太看得起她了，眼見言論對自己有利以後便不再關注此事。

空閒下來的奧蘿拉本來想加把勁與安東尼奧拉上關係，可惜對方卻進行著不明的任務，與堇青一樣神龍見首不見尾。

找不到要攻略的目標，奧蘿拉在刷著眾人好感度的同時，便把確定神女身分一事擺上了日程。

只要成爲了「神女」，她便是教廷中最爲高貴的存在。即使是主教，也要看她的命令行事。然而正因爲「神女」的身分太獨特，要讓教廷承認一點兒也不容易。

奧蘿拉之所以膽敢把教徒脫口而出的神女身分承認下來，是因爲她這次的穿越是帶著任務的。而這任務是眞神親自託付，而且只有她才能完成，這正是奧蘿拉的底氣。

不過奧蘿拉覺得單是說出任務，並不足以讓教廷鬆口承認她的神女身分，她還得表現出自己的價値才行。

經過這段時間的觀察，奧蘿拉發現教廷除了搞搞封建迷信，主要分成治療與武力兩方面。她對於武力方面一竅不通，因此自然選擇治療的方向發展了。

然而奧蘿拉體內的光明之力雖然特別充沛，可運用方面終究及不上教廷那些從小便學習使用聖光的祭司，無法爲她爭取到亮眼的表現。因此奧蘿拉便打算從其他事情上來顯現自己的價值，隨即她便想到利用地球的醫術。

雖然奧蘿拉在地球的專業與醫術無關，可是她覺得單以在網路等地方學習到的相關知識，已經足以讓這裡的原住民驚艷了。

懷著要一鳴驚人的自信，奧蘿拉把腦海裡的相關知識東拼西湊地整理了出來，自覺弄得有模有樣後便去找主教，告訴對方自己剛剛獲得父神的神諭。

這可是不得了的事情，主教連忙把教廷內的眾人都召集過來，堇青等從卡瑪城回來後一直閉關的眾人當然也不例外。

「青青，那個奧蘿拉拿著地球的知識去邀功了，還說這些資料來自於神諭呢！」團子立即告訴堇青到底發生了什麼事情，以免一直閉關教學的她兩眼抹黑地什麼也不知道。

堇青聞言忍不住勾起了嘴角。果然奧蘿拉還是走了上輩子的老套路，正好堇青挖了坑等著她出手呢！

很快，教廷中的人都集合到了一處。奧蘿拉看著因爲她的一句話便集合而來的眾人，忍不住生出彷彿能夠號令天下的自豪感。原本她就是個有野心的人，現在對於獲得權力這件事更加執著了。

看到堇青終於現身，奧蘿拉心裡冷笑。想著她先前鋪陳了這麼久，利用流言把堇青的名聲毀壞得差不多了。現在自己再展現一下神女的能力，馬上便能夠把對方比下去。

奧蘿拉一副悲天憫人的模樣，向眾人說道：「我獲得父神的神諭，封印之地殘留下來的闇元素竟不知不覺牽引著一個充斥了闇元素的空間，更撕裂出一條空間裂縫連接了兩個世界。那裡是魔界，是魔物聚居之地，最近頻頻出現的各種事件，便是因爲魔界的闇元素影響到我們的世界所致。要是不盡快把兩個世界的連結消除，只怕魔界的魔物會經由那條裂縫闖進我們的世界，兩個世界還有可能漸漸同化。」

奧蘿拉的話讓眾人譁然。堇青雖然早就從原主的記憶中知道這件事情，但也裝出驚訝的模樣。

主教詢問：「奧蘿拉，這事情妳確定嗎？」

奧蘿拉頷首道：「這是父神的神諭，一定不會有錯的。」

主教其實也不是認爲奧蘿拉說謊，畢竟這是輕易便能夠確定眞僞的事情，對方不會笨得說這種謊言，只是他暫時接受不了這個事實而已。

這個世界已經和平了許久，危險突然降臨，一時之間人心惶惶。奧蘿拉趁著這個時候取出她早已準備好的資料：「父神還提醒我，治療的時候不能太依賴聖光，並且教導了我一些不須使用聖光的其他治療方法。我把這些資料整理了出來，希望能夠有用處。」

雖然奧蘿拉說得很謙虛，但她對自己拿出手的資料其實有著巨大的自信，認爲一定可以讓這些原住民大吃一驚。

眾人聽到奧蘿拉的話，不由得對她佩服萬分，頓時傳來了陣陣讚歎。

「奧蘿拉最近都忙著與我們一起出任務，竟然還抽空學習新的治療方法，實在太厲害了！」

「真的！她果然就是神女了吧？」

「相較奧蘿拉，有些人明明位高權重卻什麼也不管，最近連臉也不露了……」

「噓！你小聲一點……」

主教的心神都投放在手中的資料，並沒有注意到眾人在說什麼。可安東尼奧等人卻都聽到了。

受到堇青的教導，這些從卡瑪城回來的人們都學到不少新知識，除了對堇青更加佩服外，對這個口硬心軟的少女也愈發地親近。

雖然那些竊竊私語的人沒有指名道姓，可他們都猜到那個「什麼也不管，最近連臉也不露」的人是誰。聽到堇青被眾人拿來與奧蘿拉比較，而且話裡還對她多有誤會，已成了堇青小粉絲的黛西立即便想為她解釋，只是堇青卻對蠢蠢欲動的眾人搖了搖頭，示意他們別說話。

看到堇青一副不屑與眾人申辯的模樣，肖恩心裡著急，詢問安東尼奧：「隊長，我們就這樣任由大祭司大人被人誤會嗎？」

安東尼奧看著臉上沒有一絲著急動怒的堇青，道：「別著急，相信她吧。」

第四章．神女？勇者？

主教看了看奧蘿拉給的資料，隨即神色變得古怪起來：「這份資料的內容，眞的是眞神教導給妳的嗎？」

奧蘿拉覺得主教的表情怪怪的，並不如她所想像般對這份資料欣喜若狂，但她也沒有多想，點頭承認道：「是的。」

主教向堇青招了招手：「小青，妳過來看看。」

看到主教竟然在這種時候眼裡還只有堇青，奧蘿拉心裡恨著對方對堇青的偏心外，同時又嘲諷著即使給堇青看又如何，她懂什麼？

堇青看了看主教遞來的資料，便淡然說道：「這些資料不能用。」

「什麼？」奧蘿拉就盼著能利用這些來上位，聞言立即難以置信地盯著堇青。

她只覺得很荒謬，這份資料明明能夠爲這個世界的醫學帶來劃時代的發展，堇青竟然輕易便一口否決它！

誰知道，更加荒謬的還在後頭，主教竟認同了堇青的話：「既然小青這麼說，那奧蘿拉妳便把這份資料拿回去吧。」

奧蘿拉把上位的希望都寄託在這些資料上，自然不甘心就這麼退下。少女的淚水頓時像斷線的珍珠般落下，只聽奧蘿拉聲淚俱下地控訴：「主教大人，你怎能如此偏袒大祭司大人，又如此地輕視我？不承認我的神女身分也罷了，可你怎能因爲怕我交出的資料會威脅到堇青大人的地位，而不接納這份對教廷有益的資料？」

其他人看到這情況，都覺得主教的決定也太兒戲了。奧蘿拉交出來的治療方法試也沒試，單憑堇青的一句話便要否決，這豈不是把教廷的好處故意往外推嗎？

眾人都很敬仰主教與大祭司沒錯，可他們的做法實在無法讓人信服。再聽到奧蘿拉的哭訴，他們雖然無法置信主教竟會爲了堇青而故意打壓奧蘿拉，但也覺得對方的話不無道理。

先不說這次資料的事，光是奧蘿拉的神女身分一直不獲承認便很奇怪，對方明明身懷強大的光明之力，又突然於祭禱時無視教廷的結界平空出現，這絕不是普通人可以做到的。

主教遲遲不對奧蘿拉的神女身分做出認證，這次又如此針對對方，難道眞如奧蘿拉所說，是擔心神女的出現會掩蓋大祭司的光芒!?

看著奧蘿拉表面上一副柔弱被欺負、但言語間卻是咄咄逼人的模樣，主教嘆息了聲，沒有申辯。堇青則是一臉不高興地皺起了眉頭，道：「妳這人還眞是無禮，妳提出了意見，主教大人覺得不好便否決了，哪有這麼多爲什麼。還故意把事情扯到我身上，說主教大人偏心我這才針對妳，還眞是髒水一盆又一盆地潑過來呀！」

不待奧蘿拉反駁，堇青便冷笑著續道：「先不說妳上位不上位到底干我何事，妳說我與主教大人否決妳呈上的資料是針對妳？我們之所以否決，是因爲跟著妳這份資料做的話會害人性命。只是想給妳留些顏面，我們才沒有明言而已。誰知道妳卻妄自猜測，眞是好心沒好報！果然思想惡毒的人，猜想別人都是惡毒的！」

眾人聽到堇青的話頓時大驚，奧蘿拉更是被搶白得臉色煞白。對於堇青竟然看不起她苦思而來的資料，萬分不服氣地控訴：「妳說我這份資料會害人？妳憑什麼這樣說，這不是故意針對我是什麼？」

堇青卻沒有直接回答奧蘿拉的質問，而是轉向那些跟隨她學習醫術的人，道：「黛西，妳來看看這份資料。」

黛西雖然在前往卡瑪城的眾人之中年紀最小，可她在醫術方面卻是最有天賦的那一個，再加上她本人也對堇青教導的醫術非常有興趣，所以反倒是她的成績最爲優秀。

自從跟隨堇青學習後，黛西便以堇青的學生自居，對堇青自然是十分敬重，說是堇青的腦殘粉也不爲過。現在看到奧蘿拉這副裝著可憐對堇青多番指責的綠茶婊模樣，心裡自是堵著一口氣想要爲堇青平反。

聽到堇青的話，黛西立即便察覺到這份資料有問題了。看了看內容後，黛西露出「果然如此」的表情，隨即完全沒有打算給奧蘿拉面子，揚聲道：「大祭司大人說的沒錯，這份資料中有不少錯誤的地方……」

隨即少女指出了幾點錯處後，續道：「要是眞的根據妳這份資料所說的去做，豈不是拿病人的性命開玩笑嗎？妳說的那些不利用聖光的治療方法，其實堇青大人早早便研究出來了，堇青大人的資料不光能確保準確性與安全，還比妳的詳盡許多呢！」

黛西說話聲音清脆，叭啦叭啦便連串道出資料中不盡不實的地方，偏偏奧蘿拉卻反駁不了。實在是她對醫術也是一知半解，這份資料只是她憑記憶湊出來的東西，就連她自己也知道其中一定有不少錯誤之處。

其他人雖然弄不清楚黛西這番話的眞僞，但見她說得頭頭是道，也不由得有些信服。再想到奧蘿拉先前說這資料是眞神給的……他們頓時把懷疑的目光投向奧蘿拉身上。

只是奧蘿拉認爲這創新的想法已經足以讓這個世界的原住民刮目相看，即使有錯誤也是瑕不掩瑜。她只管提供一個思路，到時候自有別人去研究。

她想不到自己引以爲傲的資料，竟被一個小丫頭指出了諸多錯誤。而且黛西還說堇青早已交出一份比這更詳細的醫學資料，甚至已經在教導學生了？

奧蘿拉難以置信地低呼：「不可能！堇青妳怎會知道這些!?」此時奧蘿拉已顧不得裝模作樣，直接呼喊堇青的名字了。

堇青一臉驕傲地說道：「我怎會知道這些？當然是我苦心鑽研出來的。不然你們以爲我每天除了工作都躲在房間裡，是在忙著什麼？」

從奧蘿拉推動、散布堇青的謠言，說她不合群看不起同伴的時候起，堇青便在等待這次的機會，好把自己的形象扭轉過來。

雖然原主的確是看不起教廷的同伴，然而堇青可不願意爲對方揹這黑鍋。便推說不合群都是爲了苦心研究醫術所致，既能扭轉原主留下的高傲形象，又能讓她交出的醫術資料有個合理的出處，可謂一舉兩得。

黛西滿臉不爽地向奧蘿拉補插一刀：「這段時間我們都忙著向堇青大人學習，也沒注意到教廷內竟然流傳著這麼多針對大人的謠言。其實大人之所以經常一個人待著，就是爲了研究這些。卡瑪城的瘟疫也是因爲堇青大人的醫術，才能夠這麼快控制下來。」

聽到黛西的話，先前誤信流言、對堇青心生不滿的人都一臉羞愧。想想堇青在業餘時間還在忙著鑽研醫術，甚至已成功找到了除了聖光治療的另一個途徑。可笑他們卻誤會對方不屑與他們爲伍，聽信讒言，打壓這個眞心爲教廷好的人。

相反地，奧蘿拉待人接物是很溫柔親切沒錯，然而她自稱神女，出現至今卻沒有多少貢獻，呈上的醫術資料還錯漏百出。要是大家不知道，依照她的資料來醫治病人，這不是害人性命嗎？這種人……眞的值得他們追隨嗎？

其實沒有堇青珠玉在前的話，奧蘿拉交出的這份資料雖然有不少錯處，可是對於這個世界來說仍然有著重大的意義。可惜她被堇青趕在前面發表了資料，而且還比她的嚴謹詳盡得多，這使顯得奧蘿拉行事疏懶又隨便了。

可以說，堇青不僅憑著這份資料成功翻身、扭轉了別人對她的印象，還挖了一個坑讓奧蘿拉踩進去。

堇青可不會放過這個坑人的機會，繼續補刀道：「奧蘿拉妳說這些是眞神教導給妳的，可是這份資料錯誤百出，比我自己研究的還不如，妳所說的話，是眞的嗎？」

形勢頓時逆轉，被質疑的人變成了奧蘿拉。而面對堇青的質問，奧蘿拉卻完全說不出任何自辯的話。

然而堇青早就把她的底子摸清了，她冷冷地說道：「這份錯誤的資料絕不是眞神賜予的，可妳故意這麼說，是想證明妳與眞神的關係，好讓教廷承認妳神女的身分吧？我猜，其實妳根本就不是所謂的『神女』，而是被眞神大人選中的勇者，對不對？」

堇青的話無疑像是驚雷般，讓奧蘿拉臉色頓時變得煞白，下意識否認的話便脫口而出：「不是的！我沒有說謊，也不知道妳說的勇者是什麼，我眞的是……」

堇青卻無視她慌張的辯解，自顧自地說道：「從我在卡瑪城中得知有人自稱是神女時，便覺得妳很可疑了。生物之所以須要孕育後代，是爲了讓生命延續下去。可眞神是永垂不朽的，祂需要女兒做什麼呢？然而妳在祭壇平空出現又實在神奇，而且一身強大的光明之力也確實不凡。於是我便查看了古籍，原本想看看有沒有關於神女的資料，誰知道卻發現與其說妳是什麼神女，倒不如說妳是受到眞神召喚、來自異世界的勇者。」

教廷中不乏對歷史有所了解的人，聽到堇青的話，再在腦海中比對古籍中對勇者的記載，發現的確如堇青所說般，奧蘿拉的情況與勇者的出現很符合。

可如果堇青的猜測是眞的，那麼豈不是說奧蘿拉覺得當勇者不滿足，還要謊稱自己是神女……眾人看向對方的表情頓時有些一言難盡。

堇青不理會眾人複雜的心情，繼續向那些不太了解歷史的人科普，道：「古籍記載，來自異世界的勇者能夠穿越空間，這便解釋了爲什麼奧蘿拉能夠平空出現，以及設置在祭壇的結界對妳無效。眞神每次召喚勇者，都是在世界面臨威脅的時候，這正符合了封印之地出現空間裂縫的情況。」

說罷，堇青氣勢凌人地質問奧蘿拉：「妳還要否認嗎？」

奧蘿拉神色閃爍，她很想反駁，可是卻想不出任何反駁的理據，因爲堇青的話全都說中了事實：「我……我……」

看到奧蘿拉心虛的模樣，雖然沒有實際證據，可眾人都偏向了相信堇青的推論分析。畢竟堇青說的話有根有據，而且，她也沒必要爲了針對奧蘿拉而做到這種程度。

趁奧蘿拉方寸大亂之際，堇青乘勝追擊，恐嚇道：「奧蘿拉，妳想清楚才回答我。現在妳承認自己說謊的話，那我們便既往不咎，依舊會給予妳勇者應有的榮耀。可如果妳繼續說謊，硬說自己是神女，那便是對眞神不敬，我們教廷便再也容不下妳。」

奧蘿拉聞言，一臉的掙扎，猶豫良久後終於小聲承認了自己說謊：「妳說的沒錯……我的確不是神女，而是眞神選中的勇者。因爲這個世界陷入了危險，眞神便讓我來向大家示警，並且還給予我一身光明之力好填補連接魔界的空間裂縫。只是我穿越過來的時候實在太緊張了，又聽到有人說我是神女……我一時鬼迷心竅便認了下來。後來、後來雖然覺得騙大家不對，但我已經騎虎難下，只得把這個謊言繼續下去……」

說到這裡，奧蘿拉已是泣不成聲。

奧蘿拉的人緣一直很好，看到她一臉悔恨地哭泣，原本心裡責怪她欺騙自己的眾人不由得心軟起來。心想雖然她騙人是不對，但年紀尚輕，只是女孩子的虛榮心作祟而已，並沒有對教廷造成任何損失……這麼苛責她似乎有些過了。

堇青看到眾人不忍的表情，心裡知道人都是同情弱者的。只是奧蘿拉做錯了事情還老是針對自己，堇青可不會讓她這麼輕易蒙混過去：「既然妳是勇者大人，那我當然不敢責怪妳。即使妳急於求成而遞交了錯誤的醫療資料，又誣衊我與主教大人針對妳，我們都只能自認倒楣了。」

一番話提醒了眾人奧蘿拉的劣行後，堇青嘆了口氣，一副無法理解奧蘿拉貪婪行徑的模樣，道：「其實當勇者有什麼不好呢？雖然及不上神女的身分尊貴，但地位也不差呀！只能說妳真的太貪心了……無論如何，只希望我們往後爲塡補裂縫一起努力，別再有什麼不愉快的事情便好。」

說罷，堇青便露出一副受到了委屈，但爲了顧全大局而忍氣吞聲地與敵人握手言和的表情。要說有多可憐，便有多可憐。

裝可憐誰不會呢？本小姐還是影后耶！演技怎會被妳這個綠茶婊越過去？

▲▲▲

奧蘿拉的勇者身分總算確定了下來，與她的「神女」身分一起失去的，還有眾人對她的信任與尊敬。

即使奧蘿拉貴爲真神挑選的勇者，可是經過這一連串事情後，她辛辛苦苦建立的光輝善良形象已經破碎。在教廷眾人心裡，她已經成了一個不誠實、頗有心計，還到處攀咬的人。

相反地，一向被人認爲高傲而不好接近的堇青，人緣則變得好了起來。

另外，堇青提供的醫療方式經過驗證後，效果良好。因此教廷開始大力推廣這些方法，亦要求無論是聖騎士還是祭司都須要學習一些急救的知識。於是堇青便成爲了所有人的老師，與眾人相處的時間亦多了起來。

堇青當然不會放過這麼好的機會，在教導過程中，充分展現出她的「外冷內熱」與「口硬心軟」的屬性。憑著她出色的演技，很快便把人設扭轉成一個萌萌噠的傲嬌。

拉攏人心的同時，堇青也沒有落下對聖光的修行。因爲依照奧蘿拉帶來的神諭，他們將要往封印之地出發，現在多加強一分實力，在遇上危險時的生還率就會更多了幾分。

相較於堇青這段時間在教廷混得風生水起，奧蘿拉在教廷的生活便艱難得多。雖然因爲她的勇者身分，在教廷的待遇不錯，可是不少人都覺得她很有心計。即使是以前與奧蘿拉交情不錯的人也開始疏遠她，擔心某天一個不慎，便會被她坑了。

也幸好教廷中還是有不少仰慕奧蘿拉的人在，這才讓她不至於眾叛親離，處境沒有太過尷尬。

不過對堇青來說，滿嘴謊言又蹦躂了這麼久，結果卻東窗事發，若是這事情發生在她自己身上，她還眞的沒臉像個沒事人般繼續在教廷生活。

果然沒臉沒皮的人能夠活得更好，這點無論在哪個世界都是眞理。

邊在心裡感嘆著奧蘿拉的厚臉皮，菫青邊前往練武場找人。

才剛踏進練武場，菫青便見到對安東尼奧賊心不死的奧蘿拉，正抱著幾個靈果眼巴巴地往聖騎士長湊上去。

自從在教廷大失顏面後，奧蘿拉對於把安東尼奧收進後宮的心思更加積極了。她想著不是有句話是這麼說的：「男人統治世界，女人統治男人」嗎？菫青比她想像的更難對付，既然如此，便勾引有權有勢的男人來爲自己撐腰好了。

幸好安東尼奧並不是個好色的人，更對奧蘿拉這個又說謊又挑事的人沒有多少好印象，因此對於少女的討好一直不假辭色。

菫青上前與安東尼奧打了個招呼，隨即便轉向奧蘿拉問道：「勇者大人，妳在這裡做什麼？難道妳對劍術有興趣嗎？」

奧蘿拉垂眉淺笑道：「我是看到安東尼奧大人練劍辛苦了，正好獲教廷分發了些靈果，便想請安東尼奧大人嚐嚐，也好解解渴。」

一旁與安東尼奧練劍的肖恩：「……」

勇者大人妳完全無視了我好嗎！

爲什麼靈果只給隊長？我呢？我呢!?

堇青笑道：「勇者大人妳難道不知道靈果我們都有配分嗎？安東尼奧大人不用妳請他吃，他自己也是能獲得分配的。」

奧蘿拉垂下了頭，強顏歡笑地說道：「我……我一時之間沒有想這麼多。既然如此，就不打擾你們了。」說罷，黯然離去。

看著奧蘿拉離開的背影，堇青冷哼了聲說道：「看她那副委屈的小模樣，別人還以爲我欺負她呢！」

安東尼奧道：「妳別接近她，這個人心術不正。」

聽到安東尼奧一本正經地說奧蘿拉的壞話，堇青被逗得「噗哧」一笑：「人家可是在賣力討好著你呢！要是讓勇者大人聽到你這番話，都要哭暈在廁所了。」

「爲什麼是在廁所？」安東尼奧好奇。

堇青擺了擺手：「算了，這個梗你是不會懂的。」

安東尼奧：「？」

菫青轉移了話題：「那些靈果是精靈族送來的吧？其實皇族與精靈族的關係這麼好，爲什麼不讓他們一起前往封印之地？還有獸族與龍族……要是魔界大舉入侵，並不只是我們人族的事情吧？」

在這個世界，除了人類以外還有許多不同的種族。雖然對於修補裂縫一事菫青並不抗拒，可是她覺得不應只有人族出力。畢竟若是世界眞的與魔界融合了，大家都會完蛋，憑什麼只讓人族出力？

安東尼奧解釋：「其他種族並不是沒有出力，只是世界各地都因爲闇元素的聚集而出現各種狀況，他們負責爲受到影響的地區鎮壓與整治。至於我們人族，則負責前往封印之地，畢竟眞神挑選的勇者是人族，封印裂縫最後還是要靠奧蘿拉大人。」

菫青聞言後便不再說什麼，她也不是個斤斤計較的人，只要知道別人也有出力就好：「前往封印之地的祭司人選我已經決定好，皇族那邊，出行的人有消息了嗎？」

安東尼奧頷首道：「菲爾殿下也會同行，明天在城門會合。」

教廷之所以在得知封印之地的異樣時沒有立即出發，除了因爲要做各種準備外，也是在等待皇室那邊的人同行。

要不是在原主記憶中，菲爾也是前往封印之地的一員，堇青一定會很驚訝皇室竟然把皇子殿下派出來。難怪安普洛西亞帝國能夠屹立不倒，光是菲爾身爲皇帝的獨子，身分尊貴卻不嬌氣，還膽敢讓自己置身危險中，這責任與承擔便令人敬佩。

第五章・轉世

堇青過來練武場除了詢問出發的事情外，主要便是阻擾一下奧蘿拉的獻殷勤，順道氣一氣她。現在目的已經達成，她也就要離開，然而當堇青要向安東尼奧告辭時，卻見對方突然看向她的背後並繃緊了表情，迅速往後退了一步。

在堇青眼中，安東尼奧一直是個很沉穩的人。無論遇上多大的事情，這個青年也是一副泰山崩於前而色不變的模樣，似乎任何東西都無法讓他著急。

因此見對方突然變了臉色，堇青立即滿心警戒，如臨大敵地迅速回頭看向讓安東尼奧也要後退迴避的東西。

「是……蝴蝶？」看清楚對方躲避的竟是隻小小的蝴蝶時，堇青愣愣地詢問，並且撤去了剛築起的聖光盾。

我連聖光盾都出動了，結果竟然是這小東西!?

一旁的肖恩見狀上前，揮了揮手把蝴蝶驅逐離開，並向堇青解釋：「隊長他不喜歡蝴蝶。」

一陣詭異的熟悉感再次在心裡浮現，堇青挑了挑眉，開玩笑般說道：「是不是討厭蝴蝶翅膀上的鱗粉？」

安東尼奧聞言後露出訝異的神情，他想不到菫青立即便聯想到蝴蝶的鱗粉。難道她也是同道中人？

聖騎士長大人心裡頓時有些小激動。

肖恩則露出了「妳怎麼知道」的神情，道：「還眞的讓妳猜中了！隊長老是說會掉粉的生物感覺很髒也很噁心。」

菫青看著安東尼奧剛剛閃避時的神情，心想豈止是厭惡？分明還害怕呀！她只是顧及安東尼奧的顏面，詢問時才婉轉地把「害怕」二字變成了「討厭」而已，想不到肖恩卻是打從心底相信安東尼奧眞的只有厭惡啊……

記得在上一個世界，陸世勳也是像安東尼奧一樣，明明害怕蝴蝶，卻嘴硬地總說自己只是討厭鱗粉。一開始的時候菫青還眞的相信了他，可是相處日久，自然能夠看出他不只是討厭，還有些許害怕。

「肖恩是不是對隊長大人的濾鏡太強，堅信對方無所不能才沒察覺到？我覺得安東尼奧的表現已經很明顯了吧？」菫青在心裡向團子吐槽。

團子想了想，道：「其實安東尼奧的反應很克制，並沒有顯露得太害怕。青青妳之所以一眼便看出來，大概是因為他怕蝴蝶時的模樣與陸世勳很像而已。」

蝴蝶被肖恩趕走後，安東尼奧便恢復成處變不驚的聖騎士長。心裡卻在琢磨著怎麼堇青露出一副若有所思的模樣？

安東尼奧一直認為自己身為教廷的武力擔當，不能讓別人知道他的弱點。更要表現出無所畏懼的模樣，這樣跟隨他的人心裡才能夠堅定。不然作為主帥的他都慌了，其他人不就會亂起來？

因此雖然他並不覺得有害怕的東西是多見不得人的事情，但還是盡量不想讓人知道。

就在他打量著堇青的時候，卻發現少女那雙原本像天空般透澈明亮的藍色眼眸，瞬間變成了艷麗又神祕的紫色眼瞳！

然而在安東尼奧恍神間，堇青的眸子又變回了藍色，剛剛的一切彷彿只是他的幻覺。

可在安東尼奧的心裡，仍殘留著看到那雙艷麗無雙紫眸時的驚艷感。那感覺太深刻了，讓他難以相信是幻覺。

被安東尼奧直勾勾地看著，堇青疑惑地摸了摸臉：「怎麼了？」

臉上沒有髒呀？為什麼盯著我看？

話說回來，這皮膚還是這麼白這麼滑嘛，嘻嘻！

心裡這麼想著，堇青又再摸了摸兩把自己的臉。

安東尼奧被堇青的詢問喚回了神緒，他沉默半晌後，決定直言道：「剛剛，我好像看到妳的眼睛變成紫色了。」

堇青聞言整個人都愣住了，她顧不得回答安東尼奧的疑問，立即在心裡與團子溝通起來：「團子，在上一個世界，世動他也是偶爾能夠看得出我的眼瞳是紫色的對吧？為什麼？」

團子解釋：「理論上，青青妳穿越的只有靈魂，因此在小世界的原住民眼中，他們只能看得見妳所穿越的原主的外表。但其實對於生命來說，肉身只是一個軀殼，靈魂才是最重要的，因此妳的出現難免會讓原主的身體出現些許變化。在普通人看來，妳的精氣神變得不同了，但一些擁有強大靈魂的人，也許能夠有短短的一瞬間透過不屬於青青妳的肉身，看到眞正的妳。」

菫青沉默半晌，問：「你說會不會……安東尼奧就是世勳的靈魂轉世之類？」

團子不確定地說道：「應該不會吧，理論上輪迴轉世的話，也會在原本的世界進行……」

菫青道：「可是你也說世勳的靈魂特別強大，我不正是因爲靈魂強大，才能穿越到不同的世界嗎？」

團子猶豫著道：「這麼說好像也沒錯……但也有可能是別的強大的靈魂呀！」

菫青撇了撇嘴：「我相信這麼特殊的狀況總不會爛大街，回想一下我做過的任務也不少了，這不也是第一次遇到這種狀況嗎？仔細想想，世勳與安東尼奧之間還眞有著不少相似的地方呢！」

團子想了想，脫口而出地道：「以前也發生過這種事情呀，青青忘記了那頭黑狐小嗞了嗎？」

菫青立即想起，她曾有一次的穿越，運氣很背地變得連人也不是，而是穿越成一頭失去母獸庇護的魔獸幼崽。後來菫青與她的同胎兄弟被人收養，收養她的人還替她取名「萌萌」，另一頭黑狐則叫「小嗞」。

雖說是同胎出生的小狐，可是堇青又不是眞的幼崽，因此與其說她把小嗟當作兄弟，倒不如說她把人家當兒子養。

所以在那個世界她的兒子……不！是同胎的黑狐小嗟……也許、可能、或者就是世勳囉？

堇青：「……」

團子：「……」

就怕空氣突然變得安靜……

「堇青大人？」安東尼奧在脫口說出詢問後便後悔了，想也知道人的瞳色怎會突然改變，這絕對是他自己看錯了吧？

他怎麼會問這種傻問題呢？

果然堇青回過神來以後，便笑道：「抱歉我剛剛走神了，我想安東尼奧你應該是看錯了吧？」

頓了頓，堇青仰起了下巴，一副驕忞的小模樣：「現在大家都這麼熟了，我們就不『大人』來『大人』去這麼矯情了，我直接喚你的名字，你沒意見吧？」

看著堇青明明想要表達善意，但偏偏表現出來的卻是一副欠揍的模樣，安東尼奧心裡又是好笑又是無奈。

堇青這種性格很容易讓人誤會成不好相處，然而當熟悉了以後，卻會發現到她只是有些彆扭而已，其實是個很善良的人。

安東尼奧覺得與堇青相處很愉快，他並不是個須要別人討好的人，因此不介意堇青這種說話方式。相較於把話說得多漂亮，安東尼奧更重視一個人實際做了什麼。這方面堇青便做得很好，明明身居要職卻並不僅有墨守成規，這讓安東尼奧對她又敬又佩。

何況堇青對人很眞誠，雖然說話並不好聽，可是爲人卻很實在。在別人恨不得把10分的功勞美化成100分時，她卻默默研究出新的治療方法並投入實際使用。多做事少說話，與安東尼奧意外合得來。

明明是完全不同類型的人，竟然成爲了好友，偏偏他們待在一起時還讓人感覺非常和諧。二人看起來都像是不好說話的人，然而認識了這麼久，卻從未有過分歧。彼此之間有著驚人的默契，彷彿認識了很久的老朋友一般。

因此對於堇青的建議，安東尼奧爽快地頷首道：「理應如此。」

堇青聞言向他露出一個燦爛的笑容，邀請道：「你練習結束了嗎？我們一起去吃飯吧？」

對此安東尼奧自然沒有異議，二人便相約離去。

看著並肩而行的二人，肖恩臉上滿是幽怨……

他們完全無視了我對吧？

剛剛奧蘿拉大人也是這樣……我這個大活人就站在旁邊，竟然都沒有人看得見我嗎!?

我也還沒吃飯呀！肚子也在餓著的說！

第二天，教廷中的祭司與聖騎士分別以堇青與安東尼奧為首，輔佐勇者前往封印之地解決空間裂縫的問題。

雖說是輔佐勇者，可是教廷的人都心知肚明，隊伍的實權都落在堇青與安東尼奧二人身上，作為勇者的奧蘿拉也得聽二人的命令行事。

野心勃勃的奧蘿拉對此自然心生不滿，可惜當她提出異議時，堇青卻毫不客氣地反駁：「妳的醫術不如我、武力與戰術不如安東尼奧。前往封印之地還不知道會遇上什麼危險，我可不想把自己生存的希望寄望在一個不如自己的人身上。有多大的能力便領多大的權，勇者大人還是只負責修補裂縫就好，其他事情便不勞妳掛心了。」

堇青這話雖然說得很不留情面，然而句句在理。即使是那些與奧蘿拉關係不錯的人，在關係到自身安危時，都不會站在奧蘿拉那邊。因此勇者大人想要攬權的小心思，便輕易被堇青這番話滅了。

皇室那邊也派了一隊皇家騎士過來，領兵的人確實是菲爾殿下。

菲爾有著一頭燦爛的金髮與亮麗的紫藍眼眸，與安東尼奧年紀相若。雖然他的長相不如擁有精靈血統的安東尼奧俊美，可也是個英俊挺拔的青年。再加上菲爾溫柔爾雅的氣質，以及高貴的身分，絕對是個吸引少女們目光的高富帥，不見奧蘿拉就看得眼睛都捨不得眨了嗎？

看到奧蘿拉盯著菲爾幾乎口水快流出來的模樣，堇青這才想起這位皇子在上一世中，最後也會成爲奧蘿拉後宮的一員。

心裡感慨著明明看起來很聰慧的皇子殿下原來也有腦子進水的時候，堇青同時在心裡暗暗盤算著該怎樣早些讓菲爾看清楚奧蘿拉的眞面目。

畢竟眼睜睜看著這麼出色的高富帥被奧蘿拉欺騙感情，堇青於心何忍吶！

拯救失足青年，人人有責！

奧蘿拉果然如堇青所預料般，旅程開始後便經常找各種藉口親近菲爾。只是現在的奧蘿拉與原主那輩子不同，她並不是高高在上的神女，而是品德有瑕的勇者。

雖然教廷並沒有宣揚奧蘿拉的事情，可菲爾身爲皇室成員，自然有他獲取情報的渠道。因此他對奧蘿拉總有著警戒，雖然從來不失禮數，表現也很親切，卻沒有任何拉近雙方關係的意思。

一開始堇青還特意阻擋奧蘿拉接近菲爾，後來發現對方對奧蘿拉的態度遠不如原主記憶中的親切後，堇青便想起皇室對於品行的看重。也許先前奧蘿拉各種舉動已經引起菲爾的反感，她再怎樣貼過去也是徒勞。

確定了菲爾不會被奧蘿拉欺騙感情後，堇青便乾脆把這事情拋諸腦後。畢竟相較於其他沒什麼交情的男人，自然是自家男人比較重要。

應該說，是疑似自家的男人。

也許奧蘿拉自覺與安東尼奧沒什麼希望，在菲爾出現後便移情別戀地改變了糾纏的目標。

堇青便趁著這機會與安東尼奧多了接觸，她並未有像奧蘿拉那樣明顯表現出愛慕，只是以朋友的身分去接近對方，並且暗暗留意著他的一舉一動，將他與記憶中的陸世動做比較。

愈是相處，便愈是對對方的各種想法與小動作感到熟悉。

堇青向團子道：「我差不多已經可以確定，安東尼奧就是世勳的轉世，現在就只剩下最後一步。」

「最後一步？是什麼？」團子好奇了。

堇青卻賣關子地說道：「猜猜看？」

見堇青只微笑著不作聲，顯然不會輕易告訴它答案，於是團子便動腦筋地猜測：「那我猜猜看喔～青青要了解安東尼奧的事情都了解得差不多了，最後的手段嘛……青青，我想到一句話。」

堇青問：「什麼話？」

團子道：「戀人之間沒有什麼事是滾床單無法解決的，一次不行的話便兩次。」

堇青聞言，頓時手一滑，把正在練習的聖光球甩了出去。

莫名其妙被聖光球擊中的黛西嚇了一跳，瞪大眼睛的模樣就像隻炸毛的貓。

「團子！你的腦袋到底在想什麼呀？」堇青連忙上前安撫受到驚嚇的黛西，心裡又好氣又好笑。

團子振振有詞地道：「我又不能離開鏡靈空間，平常青青妳不需要我的時候，我便看看小說與電視解悶嘛！最近在追《霸道王爺的俏甜心》，可好看了！」

堇青聽得嘴角直抽，爲免讓團子誤會自己要靠滾床單來認人，堇青果斷否定了團子的猜測：「沒你想像得那麼污啦！要是我眞的這麼做，萬一那個人不是世勳怎麼辦？雖然我也不是非要世勳不可，眞的遇上適合的我也不介意發展新戀情。然而現在不是出於愛情，只是想要認人便做到這種程度……我是傻的嗎？」

說罷，堇青還語重心長地勸說：「別看這麼多甜寵小說，會腦殘的。」

聽到堇青的解釋，團子更加好奇了：「那青青妳到底有什麼打算？」

堇青笑道：「你看下去就知道了。」

於是在團子拭目以待的注視中，堇青來到了安東尼奧身前，突然按住了額角，虛弱地說道：「我、我的頭有些暈……」

說罷，少女便軟倒在安東尼奧的懷裡。

團子：「……」

先前是誰叫我少看些甜寵小說的？

裝暈這招這不正是言情故事的老梗嗎!?

堇青並不理會團子心裡的崩潰，她可不單單是軟倒在安東尼奧懷裡那麼簡單。隨著她的動作，堇青的臉色還變得發白，甚至額上出現冷汗。

任誰看到堇青此刻的模樣，一定不會懷疑她是裝的。

團子驚嘆道：「青青，妳太神啦！」

堇青雙目緊閉、咬著唇似乎在強忍著不適，然而心裡回應團子的聲音卻非常歡快：「當然！這就是爲什麼我會被安東尼奧接住，而奧蘿拉裝暈的時候卻被他閃開的原因了！」

菫青平常表現得強勢又倔強，可當素來堅強的人露出了柔弱的一面時，特別地讓人感到心疼。

看著雙目緊閉的菫青，安東尼奧心裡一陣慌亂。幸好菫青很快便清醒過來，看到扶著她的安東尼奧那嚴肅的表情，菫青語氣有點虛弱地道：「我沒事。」

雖然菫青說得輕描淡寫，可安東尼奧並未因此放心，反而眉宇間的皺摺更是明顯了幾分：「都暈倒了，還說沒事？」

菫青擺了擺手：「是眞的沒事啦。」

看著安東尼奧一副不相信的表情，菫青猶豫片刻，婉轉解釋：「女孩子每個月都會有幾天不舒服，加上我近期休息不夠，所以才暈倒而已，今晚早些睡就好。」

安東尼奧不明所以地看著菫青。

什麼叫每個月都會有幾天不舒服？

菫青與安東尼奧大眼瞪小眼了好一會，隨即菫青突然上前，並踮起腳尖貼在對方的耳邊說道：「我是指生理期呀！」

二人的距離很近，少女說話時的熱氣噴灑在安東尼奧耳邊，讓他不自在地偏開了臉。

看著安東尼奧明明害羞卻力持鎮定的神情，以及在銀色的髮絲間那通紅的耳朵，再次感到滿滿熟悉感的堇青，露出了燦爛的笑容。

是他！是他！是世勳！

堇青是故意惹他害羞的，安東尼奧的一切小動作與反應都讓堇青感到熟悉無比，即使他已經沒有了上一世二人相戀的記憶，但堇青肯定自己絕對不會認錯。

堇青本就對安東尼奧頗有好感，既然對方是自家戀人那便好辦，正所謂肥水不落外人田，即使安東尼奧沒有上輩子的記憶又怎樣，堇青有自信讓對方再次愛上自己。

擁有著同一個靈魂，即使沒有了記憶，陸世勳與安東尼奧的本質也是一樣的。

堇青想到上個世界中陸世勳對自己的呵護與愛意，她有信心這輩子與安東尼奧也能夠和和美美地白頭偕老。

何況安東尼奧對她也不像沒有意思的模樣嘛……那紅紅的耳朵就是證明了。

堇青勾起了嘴角，想繼續撩一下對方，卻被一聲怒吼打斷：「堇青！妳在幹什麼!?」

第八章・吃兔兔

菫青回首一看，便見奧蘿拉氣沖沖地走來，在她身後的還有一臉無奈跟著過來的菲爾。

奧蘿拉覺得自己快要被氣死了，原本她今天無意中發現一處景色不錯的地方，打算帶菲爾過去好好浪漫一番，誰知道路過時竟看到菫青對著安東尼奧投懷送抱！

雖然奧蘿拉現在把心思都放在菲爾身上，可其實她並未因此放棄安東尼奧。在奧蘿拉的心目中，自己是被選中的人、是故事中的「主角」，她來到這個世界後理應過著理想的日子。

這麼出色的自己，自然應該配上出色的男人。要是她喜歡的不只一個人的話，那就全部收入後宮好了。平常看小說，開後宮是主角的福利嘛，這是很理所當然的事情對吧？

因此奧蘿拉一直把安東尼奧視爲囊中之物，看到菫青竟然勾引對方，奧蘿拉頓時生出了自己的所有之物被人覬覦的憤怒，竟一時之間不顧身旁的菲爾，憤憤不平地往菫青走去。

菫青挑了挑眉：「勇者大人怎麼一副怒氣沖沖的模樣？我什麼都沒做，只是在與安東尼奧說話而已。」

對於堇青的說詞，奧蘿拉完全不相信：「說什麼話須要拉拉扯扯？而且妳怎麼直呼安東尼奧大人的名字了？」

面對奧蘿拉的質問，堇青氣定神閒地說道：「勇者大人妳未免管得太寬了。我跟安東尼奧是朋友呀！喚他的名字有什麼不對？安東尼奧也一樣會喚我的名字呢！反而是勇者大人妳，我們可沒有熟悉得讓妳直呼我的名字吧？」

堇青總是一口一個勇者大人，語氣更沒有絲毫敬意，說有多欠揍便有多欠揍。誰都知道奧蘿拉先前稱自己是神女，後來因爲堇青的揭發才承認了自己的勇者身分。因此堇青每次稱對方「勇者大人」時，別人都會想起奧蘿拉先前的厚顏無恥。

奧蘿拉身爲當事人，自然恨堇青恨得要死。她愈發地確定自己針對堇青的行爲沒有錯，對方就是那種故事中的惡毒女配，她作爲主角，必定要與堇青不死不休！

可惜除了奧蘿拉本人，並沒有誰覺得堇青有錯。在別人眼中，倒是奧蘿拉這個勇者經常找堇青麻煩，而且她身爲勇者，卻一直沒什麼作爲。

比如這裡所有人都騎馬，就只有奧蘿拉一人因爲不懂騎馬而坐馬車。雖然大家嘴巴不說，但對於奧蘿拉拖慢行程都心裡不爽著呢！

說什麼勇者，簡直是個受不了苦的大小姐好不好！

在上一個世界中，奧蘿拉也不懂得騎馬。只是她當時要負責新醫療技術的研究，因此眾人都諒解她忙碌得沒有練習騎術的時間。

然而在這一世，董青穿越過來以後便輕易把卡瑪城的瘟疫解決掉，根本用不著奧蘿拉前去救場，勇者大人便失去了沒空練習騎術的藉口。結果她如上一世那般要求坐馬車時，都受到眾人一致地鄙視。

偏偏奧蘿拉對這些一無所知，她還沉醉在自己是世界主角的美夢中，看不見別人對她的不滿。尤其在神女的謊言被揭穿，卻因爲她的勇者身分而沒有被追究，依然被教廷好吃好住地供著，奧蘿拉更覺得自己有主角光環，誰也奈何不了她。

奧蘿拉表現得如此激動，一名從皇城那時便心悅奧蘿拉的聖騎士彼得看狀況不對，連忙過來詢問：「怎麼了？發生什麼事情？」

奧蘿拉這才發現到自己剛剛的失態，已經引來不少人的目光，立即露出悲傷的表情搖了搖頭道：「算了，都是我的錯，別怪大祭司大人。」

看到奧蘿拉的表情，彼得立即一副看壞人的模樣看向堇青。堇青都想敲敲他的腦袋，看看裡面是不是全都裝著草。

堇青看了看悲憤填膺的彼得，又看了看一臉尷尬得快要待不下去的菲爾，再看了看一副事不關己模樣的安東尼奧，再次刷新了對奧蘿拉無恥程度的認知。

看看這裡多熱鬧？單是這裡與奧蘿拉有關的人便有她的情敵、追求者、還有她要追求的目標，加起來都可以湊成一桌麻將了……

面對奧蘿拉可憐兮兮的道歉，堇青用理所當然的態度照單全收：「這的確是勇者大人的錯。我與安東尼奧在講話，妳卻莫名其妙地跑來指責我，眞不知道妳怎麼想的。」

很直白地指出奧蘿拉的錯誤後，堇青還諷刺地道：「勇者大人妳剛才那副怒氣沖沖的模樣，我還以爲妳在嫉妒我與安東尼奧說話呢！不過現在想想應該不是，畢竟妳與彼得是戀人嘛，對吧？」

堇青這番話是故意的，她可不是個會默不作聲地被欺負的人。奧蘿拉過來找她麻煩，堇青自然加倍回敬過去。

彼得聽到堇青的話頓時亮了雙目，雖然奧蘿拉從未拒絕他的追求，但卻也並未承認過二人的關係，一直不遠不近地吊著他。要是藉著這次機會能夠把雙方的關係定下來，那就太好了。

然而奧蘿拉又怎會把這事認下，要知道彼得在她的眼中就只是個備胎，給他獻殷勤的機會都是抬舉他了。奧蘿拉雖然有些可惜彼得的貼心照顧，但依然絕情地解釋：「大祭司大人妳弄錯了，我與彼得只是朋友而已。我喜歡的人是……」說罷，奧蘿拉含羞帶怯地看了菲爾一眼。

「勇、勇者大人……妳怎麼會這樣說？難道我們不是……」短短的一句話彼得說得斷斷續續，眼眶還紅了起來，顯然被傷透了心。

「抱歉，我想我與彼得之間有些誤會，我們須要好好聊一下，就先離開了。」奧蘿拉擔心彼得激動下會說出什麼不妥的話，立即拉著他的手離開。至於離開以後，她自有辦法哄騙彼得不亂說話。

來鬧事的奧蘿拉走了，尾隨著她而來的菲爾便與堇青二人笑道：「先前勇者大人說找到一片盛開的花田，邀請我一起去看那美景。現在她似乎沒空了，那我便先回去吧。」頓了頓，菲爾指向了一個方向：「花田應該往那方向直走便到，要是兩位有空的話可以去看看。」

看著離開的菲爾的背影，團子評價：「他是故意給你們獨處的機會吧？這位皇子殿下還頗上道的嘛！」

堇青道：「一路上奧蘿拉糾纏他，菲爾完全沒有絲毫不耐，但卻也沒有給予她有任何機會。與所有人的關係都很好，做事妥當不失禮節。這個人……心思很沉吶！不過應該不是壞人就是了。」

說罷，堇青便不再把心思放在菲爾身上。她可不是奧蘿拉，吃著碗裡看著鍋裡，堇青現在滿心滿眼都只有身邊的安東尼奧。

「菲爾殿下是誤會了我們的關係吧？」看到安東尼奧投來一個疑惑的表情，堇青臉上的笑意忍不住加深了幾分，解釋：「他以爲我們在談戀愛。」

頓了頓，堇青又道：「其實也不算全是誤會，我確實滿喜歡你的。」

看著堇青的笑顏，安東尼奧只覺得一陣心悸。以前不是沒有女生向他表白，可是安東尼奧從未有過如這次般的感覺，有些甜蜜，還有些竊喜。

誰知道堇青續道：「不過誰也知道安東尼奧騎士長醉心工作，對感情之事沒有興趣，我也知道自己沒機會的了。」

的確曾經說過類似話的安東尼奧：「……」

堇青完全不給安東尼奧辯解的機會，撩完便轉移話題：「剛剛我對奧蘿拉說的話並不是爲了氣她，我覺得我們都是朋友了，而且我也已經直接喚你的名字，那你也一樣喚我的名字就好。」

雖然上次安東尼奧讓堇青直接喚他的名字，然而對方卻依舊喊她「大人」，堇青早就想找個機會把這事情提出來了。

看著堇青亮晶晶期待的眼神，安東尼奧頷首：「阿堇。」

聽到這熟悉的呼喚，堇青忍不住笑彎了雙眼。她就知道只要是這個人，一定不會讓她失望的。

堇青一直覺得名字是很珍貴的東西，它往往蘊含著父母對孩子的期望。

然而堇青的名字卻是「帶娣」……從小她便知道，弟弟才是父母眞正的期望。

從小外出打拚，堇青賺回來的錢卻全進了父母的口袋。當家裡用著她賺回來的錢大魚大肉時，卻幾乎連菜也不願意給她吃，還美其名她當藝人要好好保持身材。那些年來，堇青賺的錢都可以養大不知多少個孩子了，她覺得自己已經足夠回報家裡的養育之恩……雖然堇青覺得其實是她從小在養那一家三口才對。

因此她成年後立即與家裡斷絕關係。她不願意一輩子供養那家子吸血鬼，亦不願繼續委屈自己揹負那個名字，於是堇青乾脆把名字也改了。

既然所謂的親人並不在乎自己、只會把她當搖錢樹來利用，那不如不要。

堇青相信終有一天，她會找到珍惜自己的人。

而堇青的確找到了，那個人會喚她「阿堇」。喊她的名字時，眼神會定定地凝望著她，彷彿她是他的全世界。

他那麼好，堇青才不會把他讓給別人。既然有緣在另一個世界遇上，不再續前緣又怎對得起這難得的緣分？

何況安東尼奧，也是對她很有好感的，不是嗎？

「安東尼奧，我們一起去賞花吧！」堇青興致勃勃地提議。

安東尼奧應道：「好！」

堇青與安東尼奧來到花田後只是靜靜地賞花，氣氛溫馨無比，卻又帶著淡淡的曖昧。

當堇青體貼地爲安東尼奧驅逐接近他的蝴蝶時，安東尼奧突然覺得要是時間能夠一直停留在這一刻，似乎也很不錯呢！

二人並未在花田逗留太久，當他們回到營區時，卻意外地看到不遠處傳來一陣騷動。

雖然覺得有聖騎士與皇家衛兵的守護，理應出不了什麼事情，但二人仍是加快步伐趕過去：「發生什麼事情？」

還未待別人回答，堇青便聽到一句在地球耳熟能詳的經典台詞：「兔兔這麼可愛，怎麼可以吃兔兔!?」

堇青忍不住「噗哧」笑了出聲，頓時引起了眾人的注意。

雖然知道現在不是笑的時候，但那句話實在太逗了。堇青止不住笑地搖了搖頭，示意大家不用在意她。

只見奧蘿拉抱著一隻野兔，旁邊還有捕獵時用來當陷阱的繩網。奧蘿拉哭得雙目通紅，護著兔子不讓別人拿去宰掉。

不用別人說，堇青也猜到發生什麼事情了。大約是奧蘿拉覺得自己太久沒作妖了，忍不住要表現一下她的善良吧？

就是不知道彼得到了哪裡去，難道躲起來哭了嗎？

堇青抱著雙臂站在一旁，想看看奧蘿拉會怎樣演下去，誰知道她不找人麻煩，麻煩卻主動找上門。

奧蘿拉啜泣著道：「大祭司大人，妳可以讓他們放過這隻可憐的兔兔嗎？」

堇青挑了挑眉，問：「那妳可以正常說話嗎？妳的智力又沒有問題，我實在聽不慣妳加強疊字來裝可愛。另外這隻兔子是別人的獵物，憑什麼妳說要放走就放走？」

奧蘿拉被堇青搶白得白了臉，心裡氣得想殺人，可臉上卻依然楚楚可憐、柔弱動人：「可是這兔兔……兔子很可憐，就不能放過牠嗎？」

堇青道：「昨天吃野雞的時候，也不見妳說雞雞很可憐呀！雙重標準？」

奧蘿拉聞言一窒，正要反駁，便見堇青趁著她沒注意時一把奪過了兔子，將牠交給一旁的聖騎士，並且下令：「既然勇者大人心善，那麼爲免勇者大人過於傷心難過，以後獵到任何兔兔、雞雞、魚魚……總而言之，所有肉食都不要給勇者大人了。」

聽到堇青的命令，奧蘿拉頓時急了：「等等……」

「就這麼愉快地決定吧！勇者大人妳就不要繼續留在這裡了，以免看到他們處理食材時心裡不舒服。我會讓大家多採野菜，另外隨行的乾糧還有很多，絕對不會餓著妳的，請放心。」堇青不想與她多說，逕自留下這些話便離開。

其他人也覺得奧蘿拉的表現有些莫名其妙，既然堇青發話解決了問題，他們決定跟著做就可以了。

只能說奧蘿拉失策了，地球的確有很多顏即正義、經常叫嚷著不能吃可愛動物的人，可是這個世界的人，卻沒有那種閒情來憐憫狩獵回來的獵物。

眞的有著這麼氾濫的同情心，那不是如堇青所說的那般，所有肉類都不能吃了嗎？

要是既嚷著要同情，卻只是因爲兔子長得可愛而要求別人不能吃，那便不是有愛心，而是矯情了。

看到奧蘿拉還一副欲言又止的模樣，眾人就怕她還要在吃不吃肉方面繼續糾纏，連忙拿起獵物一哄而散。

看著四周的人作鳥獸散，奧蘿拉都快要氣死了。她原本只是想表現一下自己的善良，想不到卻偷雞不著蝕把米，只怕往後好一段時間都要茹素了！

自從那天一起賞花後，堇青與安東尼奧之間便不自覺地親暱起來。最爲明顯的是他們開始互相稱呼對方的名字，相處時還有著一種別人無法介入的曖昧氣氛。對此最爲直接感受到的，便是安東尼奧的副官肖恩了。他現在不單只覺得自己很多餘，他簡直恨不得自己是個隱形人呀！

至於奧蘿拉則不知道用什麼方法說服了彼得，彼得依舊默默照顧著奧蘿拉，眼巴巴地看著自己的心上人追在菲爾皇子身後跑。

堇青覺得人要犯賤，還眞是十頭牛也拉不回來。原本她還以爲掀穿了奧蘿拉的眞面目以後，看清楚現實的彼得便不會繼續圍著她轉。想不到對方明知道奧蘿拉把他當備胎……不！備胎至少還是個後備，奧蘿拉根本就只是把他當個工具人……可彼得知道後卻依舊是甘之如飴。

既然雙方你情我願，堇青也懶得理他們之間的感情瓜葛，只要不要影響到自己就好。

教廷之所以一直供著奧蘿拉，除了因爲她的勇者身分外，更多的是因爲封印空間裂縫要利用到她的力量。

在堇青眼中，奧蘿拉就是個移動的人形電池，用來提供塡補裂縫的能量。要是她乖乖的話堇青暫時不會動她，可如果她還來找自己麻煩的話，堇青也不會因此對她手下留情。

畢竟當電池嘛……只要不弄壞，可以用就好。至於電池的意願與待遇，堇青才不在乎呢！

心裡想著殘忍的想法，堇青向偷偷打量著她與安東尼奧的奧蘿拉露出一個挑釁的眼神，直把對方氣得七竅生煙。

把總是裝聖母的奧蘿拉氣得臉容扭曲，是堇青這段路程的其中一項娛樂。

看著堇青與安東尼奧一起向教廷眾人發放任務，奧蘿拉眼中的恨意彷彿能夠淬出毒來。

奧蘿拉覺得，明明與安東尼奧並肩的人應該是她才對。她才是被眞神選中的人，是世界的主角，像安東尼奧這麼出色的人理應是屬於她的！

都是堇青這個強盜，不單敗壞我的名聲，還搶走了我心愛的人！

現在所有人都站在堇青那邊，我不急著出手。只是終有一天……終有一天我要讓堇青身敗名裂！

第七章・異狀加劇

雖然堇青與奧蘿拉都恨不得把對方除之而後快，只是二人都知道現在並不是時候，因此隊伍中一直維持著一種脆弱的和諧。就是不知道這種和諧，會在什麼時候被打破。

旅途中眾人經過幾座受到闇元素影響的城鎮，這些城鎮充斥了各種疫症或污染。雖然因爲救援而拖慢不少進度，但問題都被他們有驚無險地解決了。

奧蘿拉整天一副悲天憫人的模樣，門面工夫做得很足，但辦事時卻遠不如堇青能幹。與堇青相比，奧蘿拉這個勇者便像個打秋風的了。

眾人現在都把奧蘿拉這個勇者當作吉祥物般的存在，一些人更是對她一直追在菲爾身後的舉動頗有微詞。

既然有時間追在男人身後跑，爲什麼不好好進行訓練呢？

眞是白浪費了她一身充沛的聖光了。

在原主記憶中，旅途時他們也遇上各式各樣的疫症，最終奧蘿拉利用她那不甚正確的醫療方式磕磕絆絆地解決掉。沒有堇青做比較，再加上奧蘿拉善於作秀，最終菲爾也被她白衣大使的善良外表所迷惑，對奧蘿拉心生了愛慕。

可現在堇青一開始便揭穿了對方的謊言，又搶先發表了新的治療方法，結果把全民仰慕的神女變成了品行有污的吉祥物，這一波神操作看得團子直呼強大。

隨著愈是接近封印之地，眾人發現闇元素的影響愈嚴重。甚至這一天，眾人還遭遇了怪物的襲擊！

當時眾人正處於森林深處用餐休息之際，一頭受傷的幼鹿一拐一拐地走了過來。

奧蘿拉見狀，立即充滿憐憫地上前：「這孩子受傷了，眞是可憐。」

然而少女才剛走前兩步，便被堇青拉住了：「等等……」

「大祭司大人，那頭小鹿是無辜的，妳怎能因爲不喜歡我，便阻止我救牠呢？」不待堇青說完，奧蘿拉便一副正氣凜然的模樣指責向她，隨即更想甩開堇青的手。

原本堇青想阻止對方上前，是因爲看出那頭鹿有些不對勁。在森林中失去母親庇護又受了傷的幼崽，理應驚惶失措才對。然而那頭幼鹿卻顯得很淡定，甚至還主動接近人類，這就很奇怪了。

不過奧蘿拉不只不理會堇青的警告，一開口就是誣衊，堇青便懶得管她了。既然對方自己要找死，就讓她受些教訓，只要不讓她眞的被弄死就好。

與堇青同樣想法的還有菲爾，堇青注意到皇子殿下及他的護衛都把手按在劍柄上，一副隨時準備出手的模樣，顯然也注意到幼鹿的不尋常。

只是他們誰也沒有提醒奧蘿拉的意思，堇青心裡暗笑，看菲爾一直對奧蘿拉表現得有禮又紳士，可現在看來，菲爾對於奧蘿拉的糾纏也沒有多遊刃有餘嘛！這不是煩死了對方的滋擾，暗磋磋地要報復回去嗎？

至於以安東尼奧爲首的聖騎士則在不遠處進行著訓練，沒有注意到這邊的異樣。一旁的祭司們都是後勤人員，對危險的警覺性很低，自然也沒有察覺出來。因此，這頭幼鹿要是眞的有問題，奧蘿拉這個虧是吃定了。

「眞可憐……別害怕，我來爲你治療……」奧蘿拉來到幼鹿身前，用著輕柔的聲音哄道。堇青不得不承認奧蘿拉的模樣確實很有欺騙性，那清麗的容貌與慈愛的氣質顯得她溫柔而無害。

當奧蘿拉柔和了聲音說話時，整個人彷彿發出一陣柔光似的，很難讓人相信這是個貪婪的小人。

當奧蘿拉把聖光集中在手心、正要替幼鹿進行治療之際，幼鹿卻突然發難，張口便咬住了奧蘿拉伸出來的手！

雖然食草動物沒有太銳利的牙齒，幼鹿的力量也比較弱小，可是這頭鹿卻像發了瘋似地緊咬住奧蘿拉不放，很快地，奧蘿拉的手便被咬得出血了。

其他人見狀都吃了一驚，早有準備的皇家衛兵上前一劍把陷入瘋狂的鹿砍死。然而即使幼鹿已經斷氣，卻依然狠狠咬住奧蘿拉的手不鬆口，最後還要眾人合力才能強行撬開牠的嘴巴，將奧蘿拉的手拯救出來。

奧蘿拉受傷的手腕劇痛，視線還與死不瞑目的鹿眼對上，驚惶未定的她發出一陣刺耳的驚叫，整個人歇斯底里了起來。

在幼鹿攻擊奧蘿拉時，一眾聖騎士也察覺到並立即做出反應。只是他們的距離比較遠，及不上皇家衛兵的速度。

安東尼奧看到奧蘿拉已經脫困，便讓聖騎士圍在眾人四周戒備，他則上前了解情況。

眾人都忙著安撫陷入慌亂的奧蘿拉，以及為她治療受傷的手腕。菫青看了一眼奧蘿拉的傷口，總覺得這道傷口給她不祥的感覺。

菫青隨即想到幼鹿死前的情況，覺得奧蘿拉的傷口說不定已被闇元素所污染。不過對方本身就是聖光的容器，這些闇元素落在她身上並不致命，只是難以驅除，會讓她受不少苦而已。

因此菫青未將這個猜測說出，確定奧蘿拉的情況死不掉以後，菫青便不再注意她，改為把視線投向死掉的幼鹿身上。此時安東尼奧與菲爾也來到菫青身邊，三人一起察看這頭怪異的幼鹿。

菫青發現幼鹿體內充斥著濃濃的闇元素，受到影響而產生了一些異變。因此牠才會變得不怕人、特別暴戾，且充滿了攻擊性。

安東尼奧皺起了眉：「想不到闇元素的影響已經這麼大了。」

菲爾嘆了口氣：「愈是接近封印之地，受到闇元素的影響便愈深。也不知道封印之地現在到底是什麼情況。」

菫青則是一臉若有所思地看著幼鹿，安東尼奧見狀，疑惑地詢問：「阿菫，有什麼不妥嗎？」

菫青略帶猶豫地道出了心裡的猜測：「既然闇元素已濃到一定的程度，能夠影響動物的心智。那麼……對人會不會也有影響？我指的不是生病，而是像剛才的幼鹿那樣，勾起人們心底的負面情緒、讓人瘋狂。」

二人聞言神色也凝重起來，菫青的猜測很有可能。畢竟人心是世上最複雜最難以預料的東西，要是眞的有人被闇元素影響……

安東尼奧道：「現在多想這些也無益，只能多加戒備。」

菫青仰起下巴：「哼！闇元素只是把人內心的陰暗與欲望放大而已，眞的有被闇元素影響的人，也是因爲他們本就心懷叵測。我們教廷的光明之力是闇元素的剋星，到時候來一個打一個、來一雙打一雙就好。」

少女驕傲又率直的話語讓氣氛輕鬆了不少，菲爾還笑著附和道：「那就拜託你們了！」

菫青被哄得高興，一副「好吧我就照看你一下」的驕傲模樣，安東尼奧見狀也不由得勾起了嘴角。

他發現與堇青熟悉以後，心情比以前開懷許多。以往安東尼奧都把生活的重心放在工作上，對其他事情並不關注。可現在安東尼奧卻覺得自己的人生變得多彩多姿了起來，彷彿因爲有了堇青，他也變得鮮活了起來似的。

別人都說堇青高傲難相處，可安東尼奧卻覺得只要順毛摸，其實這人超好懂的。

而且堇青雖然有時候說的話不好聽，但往往她說的話都是正確的。至於她的高傲，正確來說只是口硬心軟而已。雖然嘴巴說著嫌棄，可卻不會吝於出手幫忙。那副看不起人的小表情，在得知眞正的心理活動後反而很可愛，有種反差萌。

菲爾看著安東尼奧凝望堇青的神情，便知道這傢伙是栽了。不過眼前這二人身分相當，俊男美女也很是養眼，菲爾覺得他們還滿相襯。

而菲爾現在也有些明白，爲什麼最近肖恩都不愛跟著安東尼奧了……實在是這二人太閃了，他站在旁邊感覺自己快要被閃盲了呀！

奧蘿拉也感覺到了堇青與安東尼奧二人的親密氣氛，心裡氣得很。覺得自己在受苦，可堇青卻有心情與安東尼奧卿卿我我，這落差讓她對堇青的恨意更深了。

在奧蘿拉心裡妒恨著堇青的時候，她原本已被聖光清理得差不多的傷口上出現了一股黑氣。黑氣靈動得如同活物，它迅速深入了奧蘿拉的體內，而誰也沒注意到這異狀。

因爲奧蘿拉受了傷，眾人前進的速度難免受到影響。

而且她的傷口每次痛起來都會讓她大呼小叫，一副嬌弱得快要死去的模樣。雖然美人楚楚可憐的樣子的確很動人，只是眾人都在擔心封印之地的狀況，實在沒有可憐她的心情。

闇元素的影響愈來愈大，多拖一天，受到影響的地區便愈多，這讓眾人怎能不心焦？

他們可以容忍奧蘿拉的欺騙，可是卻無法接受她不把自己的使命放在心上！

奧蘿拉的舉動，已經把教廷中人對勇者的敬意消磨得差不多了。

「勇者大人又要休息了嗎？她傷到的是手，又不是腿。」

「她不是一直待在馬車中不肯學習騎馬嗎？即使傷到的是腿，其實對行程也沒有影響吧？」

「眞不明白爲什麼眞神大人會挑選這種人……」

「噓！連眞神大人也議論，你太不敬了！」

「我、我就只是覺得勇者大人太不靠譜而已，沒有對眞神大人不敬的意思。」

「總而言之，只希望到了封印之地，她能夠好好完成任務就好。」

奧蘿拉並不知道她拖延行程的舉動已經引起眾怒，她趁著自己受傷，總是一副柔弱的模樣往菲爾湊上去。

而菲爾也是個妙人，他從小學習皇室禮儀長大，明白身爲皇子，他的一舉一動都代表著皇室的態度，因此面對奧蘿拉時菲爾總是很紳士。礙於對方是個傷患，更是對奧蘿拉多方照顧，把心裡的不耐煩隱藏得滴水不漏。

奧蘿拉還以爲自己嬌弱的模樣成功引起皇子殿下的憐憫，更加賣力地利用傷勢作天作地。偏偏菲爾無論奧蘿拉做什麼都能應對得宜，既沒有讓人覺得失禮，也不會眞的讓奧蘿拉吃到他的豆腐。看著二人的「攻防戰」，菫青實在不得不對菲爾產生強烈的敬佩。

畢竟要是她被人這麼糾纏，而且對方還是個如此矯揉造作的人，菫青說不定已經忍不住用拳頭會會她了。

即使菫青只是個旁觀者，可看到奧蘿拉那副惺惺作態的模樣，她還是覺得拳頭好癢呀！

因奧蘿拉，眾人硬生生拖延了大半天的行程。

也幸好仍來得及在天色全黑前離開森林，不然要是被奧蘿拉連累到要在森林多睡一晚的話，菫青眞的會忍不住揍人。

菫青並不是吃不了苦，相反地，眞有需要的話多苦她也能夠忍受。可要是因爲受到莫名的拖累，菫青可不是會忍氣吞聲的性格。

不只菫青，其他人顯然也不想在森林過夜，遠遠看到村莊時都露出了如釋重負的笑容。也就只有出發以後像個大小姐似地待在馬車裡的奧蘿拉，對此並不在乎，繼續在車裡裝柔弱。

不過大家心裡的不滿，奧蘿拉應該感覺到了。再加上堇青在隊伍中的地位很穩固，奧蘿拉心知暫時動不了她，竟改變了對堇青的態度，在進入村莊前突然當著眾人的面找她道歉。

「我知道之前在皇城做錯了，讓堇青姊姊妳對我的印象很不好。可是我會改的。請姊姊妳別對我生氣。而且我真的沒有針對姊姊妳的意思，只是因爲我不善言詞才讓人誤會而已。其實我眞的很喜歡堇青姊姊妳，姊姊妳又漂亮又能幹，是我想要學習的榜樣。」

聽著奧蘿拉用著甜膩膩的語氣喊她「姊姊」，堇青雞皮疙瘩都出來了。

雖然心裡想揍人，然而堇青卻完全沒有表現出任何抗拒的模樣，還微笑著上前牽起奧蘿拉的手，用著比對方更加矯柔造作的聲音說道：「既然妹妹不是故意的，那我又不是個小氣的人，當然原諒妳啦！」

堇青注意到奧蘿拉聽到她喊「妹妹」時嘴角忍不住抽了一下，顯然也被噁心到了。敵人不愉快，那堇青的心情就好了，臉上的笑容頓時變得更加甜美歡快。

奧蘿拉想不到堇青不只沒有生氣，甚至比她還要肉麻。二人親親熱熱了一會這才分開，奧蘿拉也不見討得了絲毫便宜，還把自己噁心得不行。

堇青心想，裝模作樣的話誰不會？反正無論奧蘿拉表現出怎樣的態度，她也不會降低對這個人的警戒。

目擊了整個過程的菲爾，微笑著向安東尼奧道：「女人眞是既美麗、又可怕的生物。」

安東尼奧只是淡然道：「阿堇一直只是反擊而已，從未主動去害人。我寧可她厲害一些，也不想她被別人欺負去。」

聽到安東尼奧的話，菲爾面露訝異，彷彿初次認識他般，把人從頭到腳打量了一圈，道：「眞讓人懷疑你是不是被人掉包了！」

二人也不只一次作爲皇室與教廷的代表一起出任務，因此對彼此不算陌生。菲爾一直覺得安東尼奧是個除了信仰與責任以外，對任何事情都不上心的人。甚至覺得這個人要把一生都奉獻給神，不結婚也不讓人意外。

像現在這麼把一個人放在心上、急著維護對方的模樣，以前菲爾無論如何也想像不到會發生在安東尼奧身上。

不過對於安東尼奧的轉變，菲爾樂見其成。每當安東尼奧與堇青在一起時，他都特別有人氣，現在的他才像個活生生的人，而不是一個眼中只有工作的機器。

菲爾感歎：「你真的很喜歡她呢！」明明還未表白，就已急著爲對方辯護了。

安東尼奧道：「阿堇很好。」

正好此時堇青往他們走來，問：「你們在談什麼？我好像聽到我的名字了。」

菲爾看了默不作聲的安東尼奧一眼，笑道：「在談安東尼奧喜歡妳的事呀！」

菲爾是故意的，他想看看這二人害羞的模樣。

可惜要讓菲爾失望了，安東尼奧心裡的小心思被菲爾說了出來，雖然緊張，但表情卻沒有任何變化，至少看起來依然很淡定。

「菲爾殿下，我想你誤會了。」堇青嘆了口氣，看著安東尼奧聞言嚴肅起來的模樣，她忍不住又想逗逗對方：「聽說安東尼奧騎士長一生都要奉獻給眞神，對女人沒興趣呢！」

安東尼奧：「……」

可不可以別老是翻這舊帳？

而且這說法怎麼GAY里GAY氣的!?

堇青看了看安東尼奧又焦急又不知道該怎樣申辯的模樣，笑得像頭偷腥的貓：「不過安東尼奧喜歡我也不出奇，畢竟我那麼好！大概只比眞神差一點點。」

菲爾想起不久前安東尼奧說「阿堇很好」時的模樣，不得不承認這二人眞是天生一對。

聽到堇青洋洋得意的話，安東尼奧竟然還哄著她道：「是的，妳很好。」頓了頓，安東尼奧紅著耳朵道：「我很喜歡。」

看著二人四周飄散著粉紅色的氣氛，菲爾覺得自己的存在變得很多餘……

第八章・邪靈

拜菲爾所賜，與安東尼奧確定了心意後，堇青一直保持著一副好心情。

然而堇青這好心情，卻在進入村莊時消失了。

「這村莊怎麼如此安靜？一個人也沒有？」

逐漸接近村莊時眾人便已覺得這裡未免太過安靜了，現在天色雖然還未全黑，但也已經很昏暗。無論是爲了驅趕野獸還是爲了照明，家家戶戶應該已經燃點起火光才對。

只是遠遠看過去，村莊卻是一片昏暗，完全不見絲毫亮光，這便引起了眾人的警戒。

隨即眾人更感到村內寂靜無聲得怪異，不單沒有村民談話的聲響，就連家畜的叫聲也聽不見。

雖然察覺到了村莊的異樣，只是眾人並未有退縮。這裡是他們前往封印之地的必經之路，何況身爲教廷與皇室的菁英，他們無法放任這座村莊內的村民不管。

於是眾人保持著警戒，進入了這座死寂的村莊。

「這是！」走在前頭的皇家衛兵驚呼。

才進入村莊，他們便看到地上竟遍布村民的屍體。那些屍體皆爲利器所傷，不少死者手中也緊握著利器，不知是用來自衛，還是他們本就是殺人的凶手。

再深入村莊查看後，發現這些死者已經是死得較「完整」的了。村莊裡不少屍體殘缺不全，身上皆是爪痕與咬傷。最令人毛骨悚然的是，經過檢查後，發現造成這些痕跡的並不是野獸，而是人類。

另外眾人還發現村莊中飼養的牲畜與家禽全都被殺了，眞正的雞犬不留。

「眞是太慘了……到底爲什麼會變成這樣？」

「看到那兩具屍體了嗎？他們至死還互相咬住對方。你們說這些人是不是全都自相殘殺至死？」

「眞的……這些人全都瘋了嗎？」

確定暫時沒有危險後，眾人邊整理著村民的屍體，邊討論村莊裡發生的事情。堇青也與安東尼奧、菲爾等人視察著村莊的環境。

堇青率先道出她的想法：「這裡很接近封印之地，闇元素濃厚。也許這些村民都是受到影響，最終被負面情緒支配而發生這種慘劇，就像我們不久前遇到的那頭幼鹿那樣。」

安東尼奧點了點頭，並補充：「我認同阿堇的想法。村莊在森林附近，死了這麼多人，血腥味理應會引來猛獸。然而這些屍體卻全都留了下來，並且沒有任何動物靠近這裡。」

菲爾道：「的確，動物的感覺都很敏銳，牠們大概是察覺到這座村莊不對勁，這才沒有靠近。」

堇青嘆了口氣，道：「無論如何，我先讓祭司們淨化這裡吧，總不能任由村莊這樣下去。」

安東尼奧正想說聖騎士也可以幫忙，堇青便道：「這裡還不知道有沒有其他危險，淨化的事情交給祭司就好，聖騎士養精蓄銳以防其他襲擊。」

菲爾也爽快地把警衛的責任交給聖騎士，讓皇家衛兵負責收拾村莊的殘局。畢竟皇家衛兵雖然驍勇善戰，但在對上闇黑生物時卻沒有聖騎士的天然優勢。

簡單討論了下接下來的處理方案後，眾人便各司其職地動了起來。

聖騎士負責村莊的警備，皇家衛兵收拾村莊的屍體，堇青則帶領祭司們用聖光淨化屍體。

這次只有淨化不是治病，帶領祭司們驅除黑暗的重任，原本理應落在身懷充沛聖光的奧蘿拉身上。然而這會兒由堇青帶隊，並不是她想要表現而把責任攬到身上，實在是奧蘿拉見到屍體後被嚇得不輕，怎樣也不願意靠近屍體的緣故。

對此眾人頗有微詞，卻又有種「果然如此」的感覺。

一開始他們對於「勇者」這個身分帶有厚厚的濾鏡，看奧蘿拉是怎樣看就覺得怎樣好。可是越是熟知對方的眞性情，他們越是失望。

奧蘿拉並沒有上位者該有的決斷與能力，更沒有胸襟與容人之量。

看看她這段時間都在做什麼？不是裝柔弱便是在爭風吃醋，硬生生把一場魔幻冒險加插了宮鬥橋段，怎樣看都不是一個幹實事的！

這次出了事情，她這個理應站在眾人身前的勇者，卻第一時間哭喊著退縮。

這麼膽小怕事的人卻是「勇者」，還眞是讓人感到諷刺。

不過堇青倒沒有因爲此事在心裡取笑她，畢竟奧蘿拉是從和平地方穿越過來的人，在她原本居住的地方並不經常看見屍體，更何況是這麼慘烈的狀況。

堇青記得她進行穿越後第一次看到屍體時，即使有著原主的記憶還是有些被嚇到，只是強大的心理質素讓她能夠忍著心裡的不適，讓別人看不出來而已。

現在奧蘿拉的反應太正常了，只是當時堇青選擇直接面對恐懼，看著看著就習慣了。而奧蘿拉卻是躲起來不願意面對，難道她天真地以爲以她「勇者」的身分，出了事情能夠永遠躲在別人的背後嗎？

雖然心裡對奧蘿拉的選擇不太認同，可堇青與她的關係連塑料花姊妹也算不上，自然不會好心得去提醒對方，在奧蘿拉提出讓她帶領祭司時，堇青也樂得在眾人面前刷刷印象分，便一口答應下來。

這座村莊雖然不大，可死亡的村民與牲畜等的屍體加起來數量也不少。堇青等人須逐一淨化屍體，實在是件很累人的事情。

「聽說聖泉的泉水能夠淨化萬物，要是我們能夠獲得聖水，把它往這些屍體一潑就好了。」一些祭司累了，便突發奇想地說道。

堇青聽到他們的話，道：「這可沒你們想的簡單。之前我查過歷任勇者的資料，聽說把闇黑之神打敗的夏思思大人便曾從聖泉得到聖水。只是根據資料記載，這須要先獲得水靈的承認，不然取聖水的時候分分鐘連自己也會被化掉。」

說罷，堇青冷哼了聲：「你們可別犯蠢了。」

眾祭司已經很熟知堇青的性情，知道她雖然說話不好聽，但其實只是擔心他們，也不覺得生氣，笑嘻嘻地應道：「堇青大人放心啦，我們也只是說好玩而已。夏思思大人那麼厲害的人，我們也知道自己是不如她的。」

堇青一臉心思被人猜中般露出不好意思的神情，卻又嫌棄著地否認：「誰擔心你們呀！」

祭司們對望了一眼，都從對方眼中看到了笑意。

眾人談話時，並沒有發現奧蘿拉向他們走來。

奧蘿拉其實一點兒也不想過去，只是驚恐過後，她想著自己這段時間的聲望已經大不如前，要是眞的完全不露面，說不定便眞的會被堇青超過，思前想後，這才不情不願地前來找他們。

奧蘿拉認爲自己是眞神挑選的勇者，也算教廷那些人的上司。身爲上司，只要在必要時指點江山就好，那些粗重的事自然是下屬去做。這麼想著，奧蘿拉便又心安理得地偷懶起來，打算只過去稍微露個臉，表達一下上司對下屬的關懷就好。

因此她計算著時間，打算在堇青等人把工作完成得差不多時才出現。然而奧蘿拉顯然小看了淨化的難度，當她過去時，發現還有不少屍體須要處理，感到噁心的她停在不遠處，猶豫著要不要繼續上前，正好聽到堇青等人的對話。

堇青說這番話時真的沒有其他意思，然而說者無心，聽者有意。奧蘿拉想起堇青之所以會查探歷代勇者的事情，不正是因爲對她自稱神女的身分起疑嗎？現在故意提起，是想提醒別人她的黑歷史吧。

另外，堇青還說起歷代勇者中，最讓人敬佩、將闇之神徹底消滅的勇者夏思思。奧蘿拉不久前因爲害怕屍體而出了醜，現在心思特別敏感。覺得自己才剛出醜，堇青便提起夏思思了，是想故意襯托得她更加不堪嗎？

這真是太陰險了！

我之所以謊稱是神女，也只是想要往上爬，這有什麼錯？爲什麼要針對我？害怕屍體我也不想啊！何況有得是人可去收拾殘局，我不幫忙也沒什麼吧？

心裡充滿怨恨的奧蘿拉並沒有露面，而是掉頭便走。在她心裡生出各種陰暗情緒時，一道聲音倏地出現在她腦海中：「妳憎恨那個叫堇青的女人嗎？」

奧蘿拉停下了前進的步伐，神色大變地質問：「誰在說話？」

那道聲音再次於奧蘿拉腦中浮現：「妳找不到我的，因為我就在妳體內。要是妳不怕引起別人的注意，那麼妳便繼續大聲叫嚷吧。」

奧蘿拉聞言心裡大驚，她下意識想要求救。只是那東西就在她體內，奧蘿拉投鼠忌器下又怕自己會受到傷害，一時彷徨萬分。

見奧蘿拉已被自己唬住，從魔界經由空間裂縫而來、寄生在奧蘿拉體內的邪靈不由得心裡冷笑。

邪靈潛伏在奧蘿拉體內也有大半天了，對於奧蘿拉所在的隊伍也有一定的認識，知道那個名叫堇青的大祭司，使用聖光的技巧稱得上爐火純青。要是奧蘿拉眞的把事情鬧大，以堇青的實力足以把它從奧蘿拉體內分離，可她卻生生把這個自救的機會放棄了。

也不枉在這麼多人之中，它挑選這個女人寄生。其他人當然也怕死，但事關同伴的安危，說不定便會把這事情說了出來；然而像奧蘿拉這麼自私的人，她所考慮的永遠只有自己。

「你到底想怎樣？怎樣才肯離開我的身體？」奧蘿拉躲回馬車上後，這才質問對方。

邪靈蠱惑道：「爲什麼想讓我離開呢？我能夠幫妳做很多事情，到時候妳就不用事事被堇青壓著了。」

邪靈由闇元素所生，擅長揣摩人心。它早已察覺到奧蘿拉對堇青的怨恨，便以此爲切入點，果然讓對方心動了。

「我們可以合作，簽訂契約的話彼此便不用擔心對方背叛。我可以讓妳討厭的人萬劫不復，到時候妳上位不是分分鐘的事情？相反地，妳要是把我的存在公開，那我只能與妳同歸於盡了。當中孰輕孰重，妳自行思量吧！」看出奧蘿拉的心動，邪靈繼續遊說。

奧蘿拉目光閃爍，心裡有了決斷。

另一邊，正在認真工作的堇青，腦海中響起了團子的鬼哭神號：「青青，不好了！那個壞蛋奧蘿拉要聯同魔界的邪靈一起對付妳！」

堇青手上動作一頓，隨即若無其事地繼續工作，並回答：「請將聲量收細，多謝合作。」

相較於一臉淡定的堇青，團子卻快要急死了：「青青妳就不急嗎？奧蘿拉可是與邪靈聯合起來了呀！」

說罷，鏡靈還連珠炮地把剛剛偷聽到的對話說給堇青聽。團子的記性不錯，還把對方說話時的語氣學得維妙維肖。可惜那屬於小孩子的軟嫩嗓音太出戲，聽得堇青很想笑。

堇青笑道：「這不是很好嗎？衝著奧蘿拉勇者的身分，只要她不是犯了本質上的大錯，我也無法拿她怎麼樣。然而這傢伙卻自己找死，竟然與邪靈勾結。這事情只要揭發出來，誰也保不了她。」

低垂著眼簾，堇青讓旁人看不出她眼中的嘲諷：「奧蘿拉穿越過來時明明擁有別人羨慕不來的身分與能力，只要她沒有這麼多的小心思，做好勇者的份內事，自然能夠獲得別人的敬仰與尊重。然而她卻不滿足，老想著把別人踩下去當踏腳石，卻也不想想靠計算別人得來的地位，遠不如自己實打實努力得來的穩固。老是想著利用旁門左道走捷徑，反倒失去了原本應有的優勢，還把自己逼往絕路。」

團子生氣地哼了聲：「她是壞人，當然不願意努力了，就老是想著去害人！」說罷，團子又高興起來地詢問：「青青，妳快些揭發她吧！」

「不，先留著她。」然而堇青卻另有打算：「現在揭發奧蘿拉，沒有證據證明她與邪靈勾結。以奧蘿拉的性格，只怕立即便哭哭啼啼地裝無辜。到時候撇清與邪靈的關係，還要勞煩我這個大祭司想辦法救她，我才不幹呢！」

正所謂打蛇要打七寸，堇青也對這個老是找自己麻煩的勇者感到厭煩了。難得她有這麼大的把柄遞過來，堇青不好好利用豈不對不起這天賜良機？

不是不揭發她，而是要等奧蘿拉聯合邪靈動手時才揭發！

堇青並不擔心拿自己當誘餌會不會很冒險。先不說她相信自己的實力，堇青還有團子幫忙時刻監視對方的一舉一動，對方要計算她可沒有這麼容易。

也不知道奧蘿拉是怎麼想的，身邊這麼多同伴在，可她看到屍體時卻被嚇得要死。反而在被邪靈寄生後，倒像覺得自己找到了依仗，於是躲不了多久又跑出來找存在感，開始對堇青等人的工作指手畫腳起來。

相較於教廷的同伴，奧蘿拉更相信邪靈，還真是諷刺。

堇青看到受污染的屍體差不多都淨化完畢，剩下來的工作並不困難，便也樂得休息一下，乾脆把權力交到奧蘿拉手上。

雖然堇青是一點兒也不介意讓奧蘿拉來善後，只是這情況看在眾人眼裡，卻是奧蘿拉把困難的工作都推給堇青，卻在事情快要處理妥當時又把權力奪回去，好搶堇青的功勞。

「你不是很喜歡大祭司大人嗎？就這麼任由她被欺負？」菲爾問。

安東尼奧道：「阿堇不是個被人欺負後忍氣吞聲的性格。要是她想要抓住權力不放，勇者大人可不是她的對手。」

菲爾順著安東尼奧的視線看過去，果見堇青一副樂得清閒的模樣，表情看起來不見絲毫勉強。

原本堇青還打算好好休息一下，誰知道一群野狼突然從森林出現，並以極快的速度衝向村莊。幸好爲了安全，負責護衛的聖騎士都駐守在村莊各個出入口，及時阻止了狼群的襲擊。

然而防得住狼群，卻無法阻擋越空而出的烏鴉群進入村莊。甚至還因爲鴉群的攻擊，讓幾頭狼越過防線進入了村莊。

幸好祭司們雖然不擅戰鬥，但也不是完全手無縛雞之力，至少聖光盾還是及時使出來了。再加上旁邊還有驍勇善戰的皇家衛兵，雖然場面有些混亂，但也不至於有什麼太大危險。

堇青發現那些烏鴉撞到聖光盾後，竟像是被火燒燙到般被燒傷。仔細一看，烏鴉的眸子還都充滿著嗜血與瘋狂。明明已經受傷，卻依然像瘋了般繼續撲向人群。

堇青連忙大聲示警：「這些動物都被闇元素影響而產生了異變，大家小心別被牠們弄傷了！」

奧蘿拉因爲被幼鹿咬傷而讓邪靈有機可趁，那難保其他人被這些發狂的動物咬傷或抓傷後不會出現狀況。

只是戰鬥中受傷實在難免，即使眾人因爲堇青的警告而特別注意，但還是有不少人被這些發狂的動物所傷。果然，那些受傷的人都感到一股陰寒的力量隨著傷口入侵到體內，只是身處戰鬥中根本無法分神處理。

眾人之中，安東尼奧的武力值最爲強大，再加上聖騎士的攻擊有聖光加持，對於被闇元素侵蝕的動物來說有著特殊的傷害效果。只見與安東尼奧對上的敵人無一不是一劍斃命。這些因爲發狂而戰鬥力特別強大的生物，在安東尼奧面前彷彿紙糊一般，毫無還擊之力。

至於堇青，雖然身爲祭司的她不擅長戰鬥，可因爲聖光對這些動物能造成傷害，所以她也並不是完全沒有攻擊的手段。

堇青利用聖光盾防護，以及爲受傷的同伴治療傷勢之餘，突發奇想地把聖光壓縮成子彈射出，竟然眞的把一隻撲來的烏鴉殺死了。其他祭司見狀也想有樣學樣，可惜他們對聖光的使用遠沒有堇青純熟，試了好幾次也無法壓縮聖光，最後只得放棄，老老實實做好防衛與治療的工作。

眼看勝利在望，野狼已全部被擊殺，只剩下了烏鴉群。誰知道本以爲已不成氣候的烏鴉，突然捨下對戰的敵人，全數飛向堇青！

第九章・陰謀

從闖入村莊時起，那些動物都陷入一種瘋狂的狀態，眾人已經習慣了牠們會本能對著最接近的人發動襲擊。誰知道戰鬥快要進入尾聲，剩下來的烏鴉會忽然像約好般針對堇青，一時之間誰也來不及攔阻，只能看著烏鴉們從四面八方攻向堇青！

就在眾人以爲悲劇將要發生之際，堇青迅速做出反應，凝聚起渾身的聖光使出特厚版的聖光盾。頓時堇青彷彿被一枚發光的繭所包裹著，光亮耀眼得讓眾人看不見她的身影。

第一批觸及聖光盾的烏鴉連慘叫聲都來不及發出便灰飛煙滅了。只是聖光與闇元素相剋，在聖光能夠剋制闇元素的同時，闇元素也能削弱聖光的能力。先前作爲祭司中唯一擁有攻擊力的人，堇青本就消耗了不少聖光。在大半數烏鴉觸及聖光被消滅後，聖光盾同時也出現一陣晃動，防護力隨之變得薄弱。然而烏鴉卻是接踵而來，眼看堇青的聖光盾就要支撐不住！

在這千鈞一髮之際，安東尼奧率先趕到。他揮舞著長劍迅速收割烏鴉的性命，把堇青護得滴水不漏。在安東尼奧的保護下，堇青沒有受到絲毫傷害，其他人也迅速趕了過來，總算把所有烏鴉全數消滅。

「阿堇！」安東尼奧焦急地打量著堇青，確定對方沒有受傷後才鬆了口氣。

安東尼奧素來穩重，即使深陷敵陣也從不膽怯，鮮少有如此感情外露的時候。可在堇青遇上危險時，他卻眞的感到害怕了。

正因爲重視，才會如此害怕失去。

堇青看著一臉後怕的安東尼奧，上前抱住了他，道：「我沒事。」

安東尼奧從未與女性有過這麼親密的接觸，一時手足無措了起來。然而感受著懷中的溫暖，安東尼奧紮紮實實地確認到堇青是安全的，心裡這才安穩下來，不由得伸出臂膀把懷裡的少女緊緊抱住。

看到安東尼奧眞情流露，堇青只覺心裡一陣溫暖。這人總是做的比說的多，雖然不懂得說甜言蜜語來哄她高興，然而在關鍵時刻卻總會擋在她的身前，爲她遮風擋雨。

對於從小便不被家人喜愛、得獨自在吃人的娛樂圈掙扎求存的堇青來說，這種毫無保留、眞心實意的關懷，是她最最無法抗拒的。

菲爾上前看著精神奕奕、沒有受到任何傷害的堇青也是心裡鬆了口氣。剛剛的情況太混亂，幸好菫青反應快，及時使出加強版的聖光盾，不然後果不堪設想。

「沒事就好。妳知道那些烏鴉爲什麼會針對妳嗎？」菲爾問。

此時菫青的腦海中響起了團子怒氣沖沖的叫喊聲：「是奧蘿拉讓邪靈做的！都是因爲那個壞女人！」

菫青無視團子的呼喊，搖了搖頭，道：「我也不知道，也許是因爲我頻頻使用聖光，所以這些被闇元素侵蝕的動物對我的敵意特別高吧。」

眾人想不出其他原因，心想也只有這個猜測比較靠譜了。只是想想在場的人之中，奧蘿拉身懷的光明之力明明比菫青還多，但菫青在這次敵襲中所做出的貢獻卻比對方高出許多，奧蘿拉這個勇者便不夠看了。

眾人並不期待奧蘿拉像聖騎士或皇家衛兵那樣與敵人戰鬥，然而在菫青帶領祭司們努力爲戰友防禦與治療時，本應挺身而出的勇者卻不知龜縮在哪，這實在讓眾人心裡鄙夷。

看，就連被闇元素控制的動物也知道對付的話要挑大祭司，而不是對牠們沒有威脅性的勇者呢！

堇青那番話成功勾起眾人對奧蘿拉的不滿，她是故意的。得知奧蘿拉被邪靈附身，並且決定與邪靈聯手對付她時，堇青便讓團子注意著對方的一舉一動。因此烏鴉與狼群闖入村莊時雖然場面混亂，但其實奧蘿拉的各種小動作已都被堇青知曉了。

因此堇青很清楚，那些烏鴉之所以會突然針對她攻擊，完全是奧蘿拉讓邪靈指使的！

團子可是清楚地看見了呢，是奧蘿拉讓邪靈把烏鴉往堇青的方向引過去的。她則是害怕體內的邪靈使用能力時讓人察覺出來，這才在作戰時躲了起來。

也正因爲有了準備，堇青才能及時使出聖光盾擋住第一波攻擊，不然以她身爲祭司的戰鬥力……直接遇上那些發狂的烏鴉只怕凶多吉少。

奧蘿拉如此處心積慮地想要害她，堇青不小小回報一下絕對說不過去。當然，這挑撥離間並不足以完全抵銷對方的惡意，她只是收收利息罷了。

堇青可是已經決定了要將奧蘿拉與邪靈勾結一事公諸於世，好省得這人老是跳出來蹦躂。

至於那些被動物抓傷或咬傷的人，他們的傷口果然如堇青所想，被闇元素入侵了。所幸發現得及時，再加上沒有引來新的邪靈，在堇青的治療下已把這些傷口中的闇元素驅逐出去。

治好受傷的人之後，堇青轉向一旁的奧蘿拉：「勇者大人，不久前妳被那頭幼鹿咬傷過，請讓我再仔細看看妳的傷口。」

奧蘿拉當然不會讓堇青看傷口，如果說一開始她還想著要擺脫邪靈，可現在她已感受到邪靈給予她的好處，何況她與邪靈訂了契約，再也無法與它分開了。

因此奧蘿拉只說自己的傷口已經好了，讓堇青不要擔心。而她也沒有說謊，與邪靈簽訂契約後，闇元素便無法影響奧蘿拉傷口癒合的狀況，她的傷口確實已痊癒了。

堇青卻不放心地再三確定：「真的？明明先前妳的傷口還一直難以癒合，現在這麼快便痊癒……總而言之，感覺有異樣的話謹記一定要告訴我，雖然清除闇元素會有些麻煩，但我也不是無法處理的。事關重大，有問題一定要說。」

看堇青一副不相信自己的模樣，本就心虛的奧蘿拉不禁有些不耐煩了，語氣有些衝地說道：「有事的話我一定會找大祭司大人的，這樣可以了吧？」

堇青似笑非笑地問：「好妹妹別生氣，話說妳不喊我『姊姊』了嗎？」

奧蘿拉：「……」糟糕，忘記這件事了！

堇青也只是逗逗對方而已，可不想聽奧蘿拉眞的喊她姊姊來噁心自己。確定了對方的傷口沒事以後，堇青便繼續忙其他事情了。

「青青，妳理會那個壞人幹什麼？」團子氣呼呼地詢問。自奧蘿拉多次暗算堇青後，團子已經把這個人列入黑名單了。

堇青聞言勾起了嘴角，解釋：「我當著眾人詢問奧蘿拉的傷勢，就是給她爲邪靈掩飾的機會。我可是向她強調了我有能力爲她處理，可她卻依然隱瞞邪靈的存在。到時候東窗事發，你猜別人會怎麼想？」

聽到堇青的解釋，團子這才知道她不動聲色地又挖了一個坑給奧蘿拉。不由得在心中爲奧蘿拉點了一支蠟燭，心想這傢伙眞的完全不是堇青的對手啊……

這次的攻擊打響了戰鬥的警號，眾人開始頻頻遇上受到闇元素影響而失去理智的人與動物。甚至還有一些魔界的原生物種，它們比變異動物更具有殺傷力，還有著各種特殊的能力，簡直就像歷史文獻中所記載的妖獸。

這天眾人斬殺了一群妖獸後，黛西忍不住嘆息道：「只要穿越這座森林便能到達封印之地了。現在連傳說中的妖獸都出來了，也不知道封印之地是個什麼樣子。該不會連高階魔族與闇之神都有了吧？」

一名祭司敲了敲黛西的頭：「就妳口沒遮攔！別烏鴉嘴！」

堇青也瞪了黛西一眼，心想幹什麼不好，怎麼要立FLAG呢？

確定現在沒有自己什麼事情，堇青向眾人交代了聲，便來到眞神的雕像前開始每日的禱告。

教廷以侍奉眞神爲己任，人員出行時，每個團隊都會帶著一尊代表眞神的小雕像，有空的時候便會準備一座簡單的祭壇進行禱告。要是情況實在不允許也沒關係，他們的信仰堅定在心，並不是依靠這種形式上的事情來維繫。

雖然如此，可是虔誠的人總會在行動上有所表示。比如堇青，她自從旅程開始，便沒有放棄過每天的禱告。這些都被眾人看在眼中，更帶動了不少教廷中人對禱告的積極性。

但奧蘿拉從穿越至今，一次都沒有參與過。雖然大家都明白來自異世界的奧蘿拉並不是眞神的信徒，可是對方白得了一身光明之力卻一直沒有多少建樹，實在讓人有些看不慣，難免把她與堇青做比較。眾人不由得心想，要是奧蘿拉那身力量給予堇青的話，那多好！

畢竟要把封印空間裂縫的重任交給奧蘿拉，他們實在很不放心呀！

然而眾人不知道的是，被他們讚歎著信仰虔誠的堇青根本就不是眞神的信徒。

看到堇青每天雷打不動地進行禱告，團子不解地詢問：「青青，妳又不是信徒，經常禱告也無法增強力量呀。」

團子之所以這麼說，是因爲教廷眾人的力量來自信仰，祭司與聖騎士的禱告是一種修行。像魔法師的冥想般，聖騎士與祭司能夠從禱告中增強實力。

可堇青卻壓根兒不是教徒，因此她的禱告根本無法用來修行。也幸好這副身體換了芯子後一身光明之力並沒有因而消散，不然她眞的哭也沒處哭去。

聽到團子的疑問，堇青理所當然地回答道：「可是我要告狀呀！」

團子訝異地反問：「告狀？向誰告狀？」

堇青答道：「當然是眞神了。」

團子黑人問號臉。

堇青雖然看不到團子此刻的神情，但也想像到它聽到這話時表情有多懵，忍不住低聲笑了出來，解釋：「爲了確定奧蘿拉的勇者身分，我不是查探過這個世界的歷史嗎，我發現『眞神』是眞的存在，姑且不論祂到底是不是『神』，但這位眞神的的確確在歷史中留下了足跡。而從祂挑選了奧蘿拉一事來看，眞神至今依然存在。既然如此，我當然要好好向祂告狀呀！讓祂知道自己到底眼光有多爛，竟然挑選了奧蘿拉當勇者！」

團子：「……」

所以妳每天的禱告內容，其實都是在向眞神說奧蘿拉的壞話嗎!?

很好！這很堇青！

堇青解釋過後，便不再理會心裡滿滿糾結的團子，一如往常般向著眞神的雕像狠狠抱怨了一番祂的爛眼光，愉悅痛快的神情，看得團子一臉無言。

▲▲▲

在奧蘿拉帶來了封印之地出現空間裂縫消息的同時，魔界那邊亦察覺到裂縫的存在。

魔界因爲充斥著闇元素，環境一點兒也不好。然而那裡的生物早已習慣如此嚴苛的生活，相較生機勃勃的世界，充滿死亡與絕望的地方顯然更加適合魔物生存。

然而這並不代表他們滿足於居住在魔界，而不覬覦意外連結的另一個世界。

自從兩個世界被連接起來，魔族從裂縫中探知到對面那個生機盎然的世界以後，都迫不及待地想摧毀另一邊的世界。畢竟絕望、痛苦等負能量是闇元素的來源，對魔族來說是大補之物。要是能夠毀掉一個世界的生靈，對魔族來說絕對有很大的助益。

因此兩個世界絕不可能和平共存，魔族那邊更不可能放過這將要到手的肥肉。

因爲目前裂縫不穩定，能夠穿越兩個世界的只有低階妖獸。在探知以勇者爲首的隊伍要去封印之地修補裂縫後，魔族那邊所有能穿越裂縫的戰力全都出動了。

很快地，堇青等人遠沒有先前那樣輕鬆了，他們受到妖獸瘋狂的攻擊。

即使從空間裂縫前仆後繼出來的都是些低階妖獸，然而數量驚人，讓堇青等人疲於奔命。

再加上不少妖獸擁有特殊力量，許多時候讓人防不勝防。這世界上，魔族已經絕跡多年，眾人並不擅長面對妖獸的攻擊，因此妖獸盡出的情況還是爲眾人帶來不少麻煩，更大大拖慢了他們前進的速度。

妖獸不要命地進攻，但眾人仍然沒有退縮，挺住了一波波攻擊。不少戰士受了傷，也幸好教廷的祭司治療能力一級棒，暫時沒有出現減員的情況。

然而低階妖獸像是殺之不盡，實在讓眾人身累心更累。

那種好像怎樣殺也殺不完的感覺，讓人覺得自己在做無用功一樣，造成的精神壓力實在不小。更何況越接近封印之地，闇元素便越是濃厚，心裡的陰暗面便會被放大，要不是這些都是意志堅定的菁英們，只怕現在已經崩潰了。

堇青所感受到的壓力在眾人之中最多，因爲她知道闖入這個世界的不單是這些低階妖獸，還有一個潛藏於奧蘿拉體內的邪靈。

雖然堇青不知道對方到底實力如何，然而單看它不遜於人類的靈智，便知道對方絕對比妖獸強大。

再加上他們之中還有一個成事不足敗事有餘的豬隊友奧蘿拉，堇青覺得跟這些直來直往的妖獸比，奧蘿拉與邪靈才是她眞正該關注的一方。

畢竟明槍易擋，暗箭難防呀！

只是身處戰場中，堇青無法做到面面俱到，只得把盯著奧蘿拉的重任交給了團子，也幸好團子雖然總是大剌剌的模樣，做起正事來還是很靠譜的。

除了盯著奧蘿拉外，堇青偶爾還會讓擁有上帝視角的團子幫忙勘察敵情。正所謂能者多勞，隊友的能力不用白不用！

「青青，空間裂縫暫時消失了，你們可以先休息一下。」一直監視著奧蘿拉、偶爾還分神觀察戰場狀況的團子，喜孜孜地告訴堇青這個好消息。

因爲空間裂縫並不穩定，因此兩個世界的連接偶爾會斷開，這正好給予堇青等人喘息的時間。

堇青並沒有如團子所建議般休息，而是讓大家趁著敵方攻勢停頓的空檔一鼓作氣地闖入封印之地。

團子看著堇青疲憊的模樣心疼死了，可是它也知道堇青的選擇是對的。在作戰方面它無法幫上太大的忙，便更加緊緊死盯著奧蘿拉，不讓她有機會對堇青添堵。

自從與魔族的戰鬥開打之後，安東尼奧與菲爾二人除了指揮聖騎士與皇家衛兵戰鬥外，也很有默契地負責了大祭司與勇者的安全。安東尼奧保護著堇青，菲爾則負責保護奧蘿拉。

正因爲一直貼身保護著對方，安東尼奧更能感受到堇青強大的能力，以及對於戰場的敏銳決斷力，心裡對她滿是欣賞。

同樣，堇青亦直接地感受到安東尼奧的強大，還有對方打從心底對她安危的著緊與維護。不同於菲爾因爲責任而對奧蘿拉的保護，安東尼奧是眞心想要保護她。不爲堇青的身分，只因爲堇青這個人。

那種小心翼翼、因爲愛而守護著自己的模樣，讓堇青感到心裡暖烘烘的，再一次因爲這個男人而心動不已。

別人都說認眞工作的男人最帥，可堇青卻覺得，對方珍而重之地守護著自己的模樣才是最耀眼的。

有著一個面對危險時會挺身而出擋在自己面前、用生命來保護自己的戀人，還有什麼比這更讓人心動？

患難見眞情，堇青與安東尼奧的感情在戰鬥中有著飛躍性的進展。奧蘿拉看到二人親密無間的模樣，心生不忿之餘，也不忘趁這機會拉近與菲爾的關係。

於是明明有著一身強大的聖光，即使戰鬥技巧不足但亂轟也能夠把妖獸轟死的奧蘿拉，頻頻展現出她柔弱的一面。

每次面對妖獸的攻擊，奧蘿拉都會哭泣著讓菲爾保護她。當菲爾斬殺妖獸後，奧蘿拉看著他的眼神簡直就像菲爾是她的天，充滿著讓人動容的崇拜與仰慕。

她偶爾也會在二人被妖獸圍攻時出手，明明很害怕、卻又堅強地挺身而出，把柔弱卻帶著堅強的設定表現得淋漓盡致。

奧蘿拉相信，絕對沒有一個男人能夠抗拒把自己看得像天般崇拜萬分、外柔內剛的女生。

其實也不能說奧蘿拉錯了，畢竟很多男人骨子裡的確帶有大男人主義，希望自己能夠成爲戀人的英雄。同時他們又很矛盾，雖然喜歡柔弱的女子，但又不能太柔弱。在重要的時候要堅強起來，這樣才不會令男人感到煩厭。

而奧蘿拉表現出來的人設的確各方面均配合了大部分男人的喜好，可惜她算錯了菲爾的敏銳。

菲爾出身於皇室，經常與各種政客打交道，早已能夠看出各種虛假表象下的眞實。奧蘿拉作天作地的表現，菲爾從一開始便看穿了。

因此她這一連串的操作，看在菲爾眼中不光沒有引起他的絲毫好感，還讓他感到非常心累。

何況菲爾並不只是個單純的皇室成員，還是有著實打實軍功的將領。他很清楚在戰場上任何輕敵的行爲都是把自己與戰友置於危險的境地。要是奧蘿拉沒有對抗妖獸的能力，又或者她眞的害怕得使不出實力還好說，可她卻爲了表現自己的柔弱，故意裝出可憐兮兮的模樣讓別人去保護她，菲爾覺得這做法實在有些噁心。

只是顧忌著奧蘿拉的勇者身分，菲爾雖然心裡討厭，但也不會明面上與她交惡，每次戰鬥都顯得對她很照顧。結果奧蘿拉更覺得自己的做法很了不起，自我感覺非常良好，完全不知道已經把這位上一世的命定戀人推得遠遠的了。

看著奧蘿拉得罪菲爾還不自知的模樣，堇青不由得想起原主留下來的記憶。在上一世的這個時候，原主已經被架空排擠，隊伍推進的速度也遠不如現在順利。正因如此，上一世人類的隊伍沒有把握獨自完成填補裂縫的工作，便向精靈族與獸族求助，奧蘿拉也趁機把精靈王子與獸王收進了後宮。

後來，不知道奧蘿拉到底是怎樣操作的，連龍族都……

果然奧蘿拉是氣運之子吧，看她上一世的後宮成員每個都位高權重，還含括了各大種族。有了這些男人的支持，她可以在這世界橫著走，這絕對是她強大的金手指呀！

在接收原主的記憶時，堇青還曾經訝異過奧蘿拉竟然可以鬧出這麼多的事情，幾乎把整個大陸上的種族都牽扯進去了。可現在看到她單單只是爲了勾引菲爾也能有如此多的操作，便覺得上一世她能帶領團隊生出這麼多枝節也不足爲奇。

堇青甚至猜測，在上一世，奧蘿拉是不是也與邪靈聯手，要不然怎會如此剛好，所有證據都對原主不利？

奧蘿拉並沒有這麼神通廣大，可要是有邪靈幫忙的話便說得通了。

只是這個猜測現在已經無法證實，不過光是衝著奧蘿拉三番四次找自己麻煩，她已經決定不要放過對方。

即使有了原主之所以會被誣衊成功，是因為奧蘿拉在上一世也有與邪靈勾結的猜測，堇青並不擔心自己會重蹈覆轍。在上一世，奧蘿拉最大的作為便是帶來新的治療技術，以及經營著良好的人際關係，至於其他方面都比不上原主。

而這一世奧蘿拉的聲望大不如前，又失去了作為最大金手指的後宮們，堇青相信只要自己謹慎一些，對方便掀不起大風浪。

「在想什麼呢？」

聽到安東尼奧的詢問，堇青便脫口而出心裡的想法：「在想該怎樣保護你。」

安東尼奧聞言愣了愣，隨即笑道：「這應該是我的責任吧？」

堇青挑了挑眉：「我是指要保護你的貞操呢！」

雖然上一世安東尼奧沒有被奧蘿拉指染，可是堇青只要想到他被奧蘿拉視為所有物般的視線便感到意難平。

這明明是只屬於我、我一個人的寶物……

堇青的答案再次令安東尼奧始料未及，他順著堇青的視線看過去，便迎上了偷偷在打量著他們的奧蘿拉的視線，頓時明白堇青在不爽什麼了。

安東尼奧牽著堇青的手，道：「我的心只屬於阿堇。」

看著難得說起情話的安東尼奧，堇青心裡的不爽頓時煙消雲散。入戲頗深的她不忘人設，傲驕地表示：「那你可要把自己看好了，別人碰過的東西，我才不要呢！」

安東尼奧垂首輕吻戀人的手背：「遵命，我的大祭司大人。」

第十章・真神卡斯帕

遠遠看著堇青與安東尼奧在趕路期間仍不忘打情罵俏，奧蘿拉邊掛著溫柔的笑容爲傷兵們治療，心裡卻恨得想要殺人。

「邪靈，你不是說會幫我對付堇青的嗎，到底什麼時候出手？我快要忍不下去了！」奧蘿拉心裡恨恨地道。

邪靈發出「咯咯咯」的刺耳笑聲：「快了，安東尼奧把人看得緊，現在對她出手太顯眼，到了封印之地才是最適合出手的時候。不然毀了堇青，卻賠上自己，這不是得不償失嗎？」

奧蘿拉承認邪靈的話有道理，她想除掉堇青沒錯，但如果影響到自己，那她寧可先忍耐著不動手。

沉默片刻，奧蘿拉又不信任地再次確認：「你確定不會阻止我完成封印的任務嗎？」

邪靈道：「當然，既然選擇了妳當宿主，連契約都訂了，那我們便是一條繩上的螞蚱。雖然我們這些闇黑生物之所以前來你們的世界，確實是帶著擴展空間裂縫、利用闇元素同化這個世界的任務。可是我與那些沒有靈智、只懂盲目服從高階魔族的妖獸不同。我又不蠢，相較於讓高階魔族過來分一杯羹，我何不獨佔這個世界的闇元素？」

奧蘿拉想想，也的確是這個道理。要是她處於邪靈的位置，只怕也會做出同樣的選擇。何況她與邪靈都訂了契約，彼此的性命連結在一起。她不好過，邪靈也沒有好處。

只要她一直保持著勇者的崇高地位，對這個混入世界的邪靈來說便是最好的掩護，因此邪靈的確沒有阻撓她完成任務的道理。

▲▲▲

大祭司與勇者各懷鬼胎，都恨不得把對方除之而後快。然而隊伍中的人誰都看不出她們的殺心，藉著空間裂縫短暫消失的機會，眾人終於來到了他們此行的目的地——封印之地。

出發以前，堇青查閱過有關封印之地的資料，知道這是一處荒蕪的地方。

只是在眞正來到這裡後，堇青才確實感覺到所謂的荒蕪到底代表著什麼。

這裡沒有任何活著的生物，地上寸草不生，充斥在四周的闇元素令封印之地一片昏暗。陽光彷彿遺忘了這片土地，讓人從心底生出一股陰冷的感覺。

現在只是從魔界洩露了些許闇元素便有這種效果，堇青難以想像闇之神還存在的年代，封印之地的環境到底有多死寂。萬一這裡與魔界眞的連接起來，對這個生機勃勃的世界又會造成怎樣的致命危機。

堇青並不是個很有正義感的人，只是想到一個世界的生物將會陷入水深火熱的境況，她還是生出了很重的使命感，暗下決心這次的任務只許成功不許失敗！

菲爾詢問：「勇者大人，空間裂縫在什麼位置？我們現在該怎樣做？」

奧蘿拉道：「空間裂縫在封印之塔的上方。我們先到那裡再說。」

白從闇之神被徹底消滅後，封印之地便成爲了禁地，任何種族都不會踏足這個不祥的地方。雖然在一些封印之地的資料中有提及到封印之塔，只是這座曾經封印著闇之神羅奈爾得的封印之塔實際上在封印之地的哪個位置，文獻中卻沒有詳細的記載。

也幸好封印之地夠荒涼，雖然地方很大卻沒有任何遮蔽物，因此眾人很快便發現到遠處的一片破瓦頹垣。

堇青道：「歷史記載勇者夏思思大人前往封印之地時，發現封印之塔倒塌。我想那片廢墟便是原本的封印之塔。」

奧蘿拉聞言，忍不住不服氣地小聲說道：「整個封印之地就只有那裡有東西，即使妳不說，我們也猜得到啦。」

雖然奧蘿拉說得很小聲，堇青理應聽不到對方的吐槽。只是堇青有團子這個時刻監視著奧蘿拉的小伙伴在，團子立即把對方剛剛說的話一字不漏地告訴堇青了。

於是堇青挑了挑眉，問：「嗯？妹妹妳剛剛在說什麼？」

奧蘿拉：「……」

這個姊姊妹妹的梗還沒結束嗎!?

奧蘿拉再次被堇青一句「妹妹」噁心到了，再加上剛剛說對方壞話而心虛，回以一個僵硬的微笑：「沒說什麼。」

堇青見狀沒有追問下去，反正繼續詢問她也不會說實話，只會說些其他的搪塞過去，倒不如省口水。

對於堇青的猜測眾人並未有異議，在他們前往廢墟的時候，遠遠便看到瓦礫上空開始出現了一條一片漆黑的裂縫。

場面很壯觀，就像昏暗的天空上撕開了一道黑色的缺口。只是誰都無心欣賞這特異的景色，因爲他們看到不少長得奇形怪狀的妖獸，從出現的空間裂縫中闖入他們的世界。

雖然他們先前已經與妖獸有過戰鬥，可是看著源源不絕的妖獸經由裂縫闖進來，眾人仍是看得頭皮發麻。

奧蘿拉抓緊時間向眾人道：「空間裂縫之所以出現，是因爲封印之地凝聚的闇元素與魔界產生了共鳴，這才把兩個世界連接起來。只要利用聖光把牽引兩個世界的闇元素抵銷，便能把裂縫修補起來。一會兒我會向裂縫持續釋放聖光，需要一個不被打擾的環境。」

聽到奧蘿拉的話，安東尼奧等人連忙表示他們必會誓死保護勇者大人，絕不會讓妖獸打擾到她。

眾人也的確是有這個底氣。畢竟這個世界是他們的主場，敵人只能放些嘍囉進來而已。雖然嘍囉的數量太多還是讓人很傷腦筋，但只是要保護奧蘿拉的話，安東尼奧等人還是很有自信的。

然而奧蘿拉接下來卻又提出一個要求：「我希望一會兒堇青大人可以待在我的旁邊，在場的人之中，堇青大人的聖光僅次於我。要是我出了什麼事情的話，還能讓堇青大人頂上。」

「來了！」聽到奧蘿拉的要求，堇青心裡立即響起這兩個字。

安東尼奧聞言則皺起了眉。雖然他不知道奧蘿拉與邪靈勾結，想聯手對付堇青的事情，可是他總覺得對方這番要求另有所圖，對危機敏銳的他直覺想要阻止，可是卻又找不出說不的理由。

然而心裡對堇青的擔憂最終佔了上風，安東尼奧總覺得將有不好的事情會發生在堇青身上，不把人放在身邊他實在不放心。大不了他與堇青一起待在奧蘿拉身邊，這妨礙不到正事。

看到安東尼奧不贊同的神色，堇青便猜到他要反對。心裡感到一陣溫暖，堇青在安東尼奧開口前搶先向奧蘿拉道：「好的，那我便待在妹妹妳的身邊吧。」

再次聽到妹妹二字，奧蘿拉心頭一陣鬱悶。她先前到底有多想不開，才會想與堇青姊妹相稱來噁心對方？

她根本就不痛不癢呀！被噁心到的就只有自己而已呀！

眞是說多了都是淚……

奧蘿拉心裡狠狠地想著，妳就只有現在笑得出來了，一會兒我一定要讓妳哭著求饒！

看到奧蘿拉在聽到「妹妹」一字時那副像吞了蒼蠅似的模樣，隨即又想到什麼般再次高興起來，反常的狀態更讓堇青確定了她心裡的猜測——奧蘿拉要在封印時向她動手了！

簡單商議過戰略後，眾人便向空間裂縫的方向趕過去。安東尼奧來到堇青身邊，小聲道：「一會兒封印的時候，妳小心一些勇者大人。我總覺得有些不安。」

驚訝於對方的敏銳之餘，堇青心裡因爲戀人的關心而甜絲絲地應道：「放心吧，我有分寸的。」

很快眾人便與妖獸短兵相接，依照著先前的戰略，奧蘿拉與堇青共乘一騎。二人完全不理會迎面而來的妖獸，毫不減速地向著裂縫方向衝去。

任何試圖攻擊他們的妖獸，都被旁邊的聖騎士與皇家衛兵殺死。至於祭司們則留在後方的安全位置，爲一眾在前線奮勇殺敵的同伴保駕護航。

這才是祭司正確的使用模式呀！先前妖獸出現得突然，我們只能在前線一起殺敵，眞是嚇死本寶寶了！

以上是一眾祭司們的心聲……

來到了裂縫下方，一眾騎兵四散開來，卻又並未分散得太開。無論敵人從哪個方向攻擊，都能將奧蘿拉護得周全。

奧蘿拉身邊的是她指名要陪伴在側的堇青，安東尼奧與菲爾也在二人身旁，把她們護得滴水不漏。

堇青饒有趣味地看著奧蘿拉開始往裂縫注入光明之力，心想著現在她們都是眾人關注的重點，眾目睽睽之下，奧蘿拉到底想怎樣對她出手？

隨著光明之力的注入，空間裂縫再度不穩起來。光明與黑暗兩種完全相剋的力量產生了激烈的碰撞。

突然之間，空間裂縫爆裂出一道彷如龍捲風般的強大力量，直直往下伸挺，把奧蘿拉與堇青包裹在裡面！

元素紊亂！

在這股力量籠罩下來之時，堇青下意識便想要張開聖光盾，然而聖光盾卻瞬間支離破碎。幸好她與奧蘿拉處於力量的正中位置，這裡就像是颱風眼一樣。即使外面的情況再激烈，風眼卻是風平浪靜。

聖光正與闇元素激烈地碰撞與抵銷，在元素紊亂的情況下，堇青無論使出什麼法術都會受到影響而崩潰。

無法使用聖光，堇青使變得無所事事起來。她悠然抬頭看著奧蘿拉使出的聖光與闇元素產生的拉鋸戰，卻不知道她的身後有一條沒有實體的藤蔓，正在無聲無息地接近。

「青青！小心後面！」

從元素紊亂把她們與其他人分隔開來之時，堇青便已把心裡的警戒升至最高；

再加上團子的監視，在藤蔓要攻擊之際及時提出了警告，堇青迅速出手，一把抓住了要往她體內鑽的藤蔓！

堇青冷笑道：「果然重來一次，妳還是只會這些手段。」

在原主的記憶中，她被一個沒有實體的邪靈附身，隨即邪靈又於眾目睽睽之下傷害了奧蘿拉。在別人看來，便是原主與邪靈勾結，利用邪靈傷害了勇者。

原主一直弄不清楚自己身上的邪靈到底是怎麼一回事，堇青以原主的視線看去也無法確定這一點。但因爲團子先前探知到奧蘿拉與邪靈勾結，因此堇青便猜測著這都是奧蘿拉與邪靈的把戲，一直防著她重施故技。

果然這一世，奧蘿拉與邪靈還是想出同樣的計策！

奧蘿拉沒有上一世的記憶，自然不明白堇青在說什麼。但她也知道自己驅使邪靈一事已經被堇青知曉，現在滿心都想著要殺人滅口。

邪靈同樣對堇青滿是殺意，邪靈幻化而成的蔓藤釋放出具有腐蝕能力的闇元素，趁著堇青現在與世隔絕、又無法使用聖光，誓要藉此大好機會取她性命！

然而堇青的手被闇元素腐蝕的慘劇並未發生，反而是邪靈發出刺耳的慘叫聲，化成蔓藤的身體還虛晃了一下，顯然受到不輕的傷害。

奧蘿拉與邪靈簽訂了契約，性命相連，邪靈受到傷害，她同時也吐出一口鮮血，質問：「妳做了什麼!?」

堇青冷笑道：「痛苦嗎？身爲邪靈卻直接撞到聖光上，當然會受傷吧？你怎麼如此看不開呢？」

聽到堇青的話，奧蘿拉無法置信地道：「不可能，妳在這裡無法使出聖光盾才對！」

堇青悠然說道：「無法使出完整的聖光盾，那便使出不完整的、弱小得不會引起紊亂元素破壞的聖光盾就好。」

奧蘿拉這才注意到，堇青所謂的不完整的聖光盾到底是什麼。別說沒有形成盾的外形，簡直就只有薄薄的一層聖光覆蓋在皮膚上。

然而別看這層聖光看似薄弱，所蘊含的光明之力絕對不弱，不然也不會只一碰撞便把邪靈傷得這麼重了。

堇青沒有預知能力，又不像奧蘿拉那樣從眞神那邊不知道得到多少他們沒有的情報，當然不會知道修補空間裂縫時會出現元素紊亂。

她在得知了邪靈的存在後，便一直練習著把聖光壓縮凝聚在身體表面，其實只是爲了防著邪靈附身。想不到卻誤打誤撞在這次的戰鬥中產生如此卓越的效果，也算是對方的運氣不好了。

其實堇青也有些意外，沒想到這一撞會對邪靈產生這麼大的傷害。後來想想，邪靈沒有實體，它最恐怖之處莫過於高於妖獸的智慧，以及其飄忽不定、讓人防不勝防的附身能力。可是要說攻擊力的話卻很一般，畢竟要是它的整體實力太高的話也無法穿越空間裂縫來到這裡了。

這麼一想，邪靈再多加一個脆皮屬性其實也不意外。只是堇青留著這邪靈還有用，不小心把它弄得半死不活，堇青也嚇了一跳。

幸好它還吊著一口氣，不然堇青可無法以其人之道，還治其人之身了。

元素紊亂的時間並不長，眞神給予勇者用來修補空間裂縫的聖光可不是蓋的，很快便壓過闇元素，由元素紊亂所形成的風暴自然也消散無蹤。

堇青藉著風暴消散的瞬間，抓住邪靈的手狠狠一扯，便把它徹底抽離奧蘿拉的體內。

她的做法非常粗暴，這對奧蘿拉與邪靈都是不可逆的傷害。奧蘿拉再次吐出一口鮮血，隨即便軟倒在地。邪靈更是大半個身子都消散了，只剩餘一個小小的黑色球體被堇青捏在手心。

堇青出手的時間抓得很準，被暴風阻隔在外面的眾人正好看見了整個過程，清清楚楚看到邪靈是被堇青從奧蘿拉體內扯出來的！

本就因爲堇青與奧蘿拉被困在暴風裡而焦慮的安東尼奧，見狀神色一變，立即趕了上去：「阿堇！」

堇青向他安撫一笑，隨即高聲揚言：「大家剛剛都看到了，奧蘿拉背叛了教廷與邪靈勾結，先前還想偷襲我，我只得將邪靈抽取出來！」

眾人都覺得很震驚，然而事實擺在眼前，邪靈的確是藏在奧蘿拉體內。何況先前堇青就曾多次詢問奧蘿拉被幼鹿攻擊後有沒有異樣，奧蘿拉都隱瞞了邪靈的存在，這不是背叛還是什麼!?

把邪靈暴露在眾人面前以後，堇青便將奄奄一息的邪靈塞到安東尼奧手中：

「你看著，我去把聖光補上。」

奧蘿拉受到重創，自然無法繼續向空間裂縫輸出聖光，幸好堇青的聖光也不弱。再加上最難的部分已經完成了，堇青只要好好收尾即可，這程度的輸出她還是能夠支撐的。

然而誰也沒有想到，一臉死灰倒在地上、本以爲已經無法動彈的奧蘿拉突然掙扎著站起來撲向堇青。此時堇青無法移動，幸好不待守護在側的安東尼奧出手，奧蘿拉便被菲爾眼明手快地按倒在地上。

聽著奧蘿拉倒地的聲響，便知菲爾這一下的力道有多狠，沒有絲毫憐香惜玉。

就在眾人把注意力投放在奧蘿拉身上的時候，另一道身影卻向著堇青衝去！不同於受了重傷的奧蘿拉，這人的速度很快，而且武力值不弱，再加上眾人已被奧蘿拉分散了注意力，當反應過來時，對方已經來到堇青面前。

同一時間，安東尼奧手中的邪靈使出它的腐蝕能力，雖然不至於讓他受傷，但也令他空不出手阻止那道攻向堇青的身影。

「青青！快躲開！」團子尖叫道。

然而堇青因爲全力把聖光投放於修補空間裂縫上，想動也動不了！

在這千鈞一髮之際，安東尼奧想也沒想便衝上前抱住了堇青，想用自己的身體爲她擋下致命一擊！

眼看眾人反應不及，攻擊者便要揮劍斬向二人，一面耀眼的聖光盾卻倏地擋在安東尼奧與堇青身前，不只擋住了攻擊者的一劍，還在對方面前炸了開來。

襲擊者被聖光盾的力量彈了開去，四周的妖獸也被波及，在那炫目的聖光照射下化成飛灰，殺傷力一級棒！

眾人定睛一看，攻擊堇青的人正是聖騎士之一、奧蘿拉的裙下之臣——彼得。

彼得雖然對奧蘿拉愛得深沉，但也不像會爲了她而刺殺堇青的人，難道愛情眞的讓人盲目至此？

堇青此時卻沒有餘裕去理會這些事情，她與空間裂縫的角力來到了尾聲，終於在她的力量快要枯竭之際把裂縫修補了起來。堇青頓時感到身體一陣脫力，要不是安東尼奧及時抱住了她，堇青便要摔跌在地了。

堇青也顧不上理會對她出手的奧蘿拉與彼得，回抱著安東尼奧，雙手就在他身上上下其手：「剛剛沒有傷到吧？」

安東尼奧回答：「……沒有。」雖然話說得很冷靜，然而堇青看到他耳朵紅了，突然覺得自己就像在調戲良家婦女一樣。

安東尼奧的反應實在萌萌噠，如果不是在眾目睽睽之下，堇青一定忍不住再逗逗他。只是現在她還有別的要事得處理，只得在心裡惋惜了聲，把視線投向彼得身上。這才發現了一名有著淡金髮色、長相絕美的少年，不知什麼時候站在了彼得身前，饒有趣味地打量著他。

少年實在長得太美了，一身氣質更是聖潔又高貴。他的出現很突兀，偏偏誰也無法對他生出惡意。明明這樣一個少年出現在戰場中怎樣看怎樣奇怪，可卻沒有任何人上前驅逐或盤問他。

只見少年伸出食指往彼得眉心一點，便見一道黑氣浮現出來，發出刺耳的尖叫聲後就消散了。而依舊被安東尼奧捏在手心的邪靈也發出了慘叫聲，顯然黑氣的消失讓它受到了傷害。

此時眾人才恍然大悟，彼得應該是被奧蘿拉、準確來說是邪靈所控制了，這才會不管不顧地對堇青出手吧？

金髮少年抽出黑氣後便向奧蘿拉走去。因爲他的接近，眾人再次把視線投到奧蘿拉身上，卻驚見她渾身發抖，無法置信地盯著少年：「您……您怎麼來了……」

少年向奧蘿拉眨了眨眼睛，奧蘿拉身上的光明之力便全數消散。

眨眼間，奧蘿拉便從一個擁有充沛聖光的勇者變回了普通人。

少年淡淡說道：「我是來把借給妳的東西收回來。」

奧蘿拉顯然無法接受這種結局，雙眼一翻便暈了過去。

看到奧蘿拉聖光消散，以及聽到少年的話，堇青心裡產生了一個大膽的猜測：「您是……真神卡斯帕大人？」

被堇青認出來，卡斯帕一副很高興的模樣，笑道：「對啊，這不是每天聽妳在抱怨我選了個爛勇者嘛，我就過來看看了。」

堇青：「……」

此時又一名黑髮黑眼的青年毫無預兆地出現，向卡斯帕道：「把事情處理了便回去了。」

卡斯帕向堇青笑了笑，隨即便向黑髮青年走去。眨眼間，二人便消失無蹤。要不是被抽去聖光的奧蘿拉代表著眞神眞的曾經現身，眾人還以爲這只是一場夢。

堇青喃喃自語地道：「那個黑髮青年……」

安東尼奧詢問：「嗯？那人怎麼了？」

堇青欲言又止，最後搖了搖頭道：「沒什麼。」

身爲擁有強大光明之力的大祭司，在那個黑髮青年出現時，堇青敏銳地感到些許不舒服。那人身上，充斥著不遜於卡斯帕充盈聖光的闇元素。

他……不，是祂……擁有著與眞神勢均力敵的力量，祂該不會是闇之神羅奈爾得吧？

可是闇之神與眞神不是敵人嗎？

雖然堇青心裡有著眾多疑惑，可是這些無法獲得答案的事情，堇青便不庸人自擾了。

眞神與闇之神有著怎樣的恩怨情仇她不想知道，她只要與安東尼奧一起過好他們的小日子就好。

尾聲

完成了修補空間裂縫的任務，堇青等人便起程返回皇城。一路上看到闇元素的影響已經消散，困擾了眾人一段時間的疫症等問題總算漸漸消停。

回到皇城時一行人都受到英雄般的最高禮遇，原本該是這次最大功臣的奧蘿拉卻只能與邪靈被關押起來。不只無法享受任何榮光，接下來還將接受教廷的審判。

如果卡斯帕沒有出面收走聖光，眾人摸不準眞神對這位勇者的想法，說不定還會對她從輕發落。

可現在卡斯帕都直接把送出的力量收回去了，顯然是厭棄了奧蘿拉，教廷便決定依照法規進行判決。

與魔族勾結的結果堇青很清楚，因為原主最後便是以這個罪名被燒死的。現在便輪到奧蘿拉了。

只是想到原主是被誣衊，奧蘿拉卻是自食惡果，堇青又覺得心裡有些不爽。然而奧蘿拉既然將受到應有的制裁了，堇青也就不打算落井下石。她又不是奧蘿拉那種只會時時盯著別人的人。對堇青來說，做好自己更加重要。

待所有事情都平息以後，安東尼奧便向堇青求婚了。在上一個世界，他們是盲婚啞嫁，堇青並未享受過被求婚的待遇，因此感覺還滿新鮮的。

雖然以安東尼奧穩重的性格，他求婚時也做不出什麼太出格的事情，可是最重要的是心意。安東尼奧讓堇青充分感受到他的誠意，答應求婚時堇青忍不住喜極而泣，心裡滿是感動。

堇青成功改變了原主悲慘的命運，像上一個世界一樣，完成任務後堇青沒有立即離開，而是選擇留在這個小世界生活。

她與安東尼奧和和美美地過完這一生，待安東尼奧永遠閉上雙目後，這才脫離世界回到鏡靈空間裡。

「青青！歡迎回來！」團子一蹦一跳地飛進堇青的懷裡。

是的，飛。

這次團子又有了新的形象，頭上豎著一對兔耳朵，身體也是兔子的身體，卻長有小鳥的翅膀與尾巴。

混合得愈來愈魔性了。

堇青看著那與團子圓潤身材相比下顯得很是嬌小的小翅膀，心想幸好這裡是鏡靈空間，不然以團子的身材……只怕會飛不起來吧……

堇青狠狠揉了揉團子手感很好的皮毛，隨即說道：「團子，我要再出發了。」

團子聞言愣了愣：「現在便出發？不用休息一下嗎？」

堇青搖了搖頭，笑道：「現在出發吧，完成任務後我基本上都是處於渡假狀態，哪還須要休息？」

其實上一個世界也是一樣，只是當時堇青卻因爲思念陸世勳，這才在鏡靈空間裡多待了一會。

然而這一次……

「不知道在下一個世界還會不會遇上他，我可不能讓他久等了呢！」堇青喃喃自語般笑道，對於將要投身於另一個新的世界產生了期待。

希望，還能夠相遇。

《炮灰要向上02》完

番外，愛的真諦

在一切事情塵埃落定以後，堇青與安東尼奧宣布了婚訊。

婚禮盛況空前，身爲修補空間裂縫的英雄，二人的婚禮受到了全國人民的祝福。再加上他們是教廷一文一武的顏值擔當，男的俊女的秀，本身就有不少顏粉，當天這些顏粉都趕著去觀禮。可謂萬頭攢動，熱鬧非常。

堇青與安東尼奧都是教廷收養的孤兒，婚後依然住在教廷總部，生活並沒有太大的轉變。只是眾人發現安東尼奧的工作狂屬性在婚後消失了，更讓大家感到神奇的是，每次接外出任務時，他總會買些當地的特色商品回去給堇青當小禮物。

第一次看到安東尼奧買禮物時，眾人忍不住露出驚訝的表情。畢竟安東尼奧給人的感覺一直是個情商特低的工作狂，想不到竟有如此浪漫的一面。

想起以往對方拒絕那些追求者的決絕……原來並不是安東尼奧不懂浪漫，只是那時候還未遇上對的人嗎？

安東尼奧買的都不是太名貴的禮物，雖然他並不是買不起，只是他覺得相較於奢侈品，這種富有當地特色的小禮物更能表達出他的誠意。

一開始他還有些忐忑，不知道堇青會不會喜歡他送的小禮物。幸好堇青收到禮物時的反應完全沒有讓安東尼奧失望，不僅給足了他驚喜的反應，還送上了深情一吻，熱情的反應讓安東尼奧暈頭轉向，送禮物的積極性完全被調動了起來。

原本得知安東尼奧與堇青在一起時，教廷眾人還擔心二人的性格不合襯。畢竟他們一個是嚴肅的工作狂，一個是很容易得罪人、讓人誤會的傲嬌，再加上他們都是很有原則的人，如此不同的兩種性格想想便覺得相處起來應該不容易。

雖然先前出任務時二人相處得不錯，但當雙方要住在一起，便會有不少須要磨合的地方，因此眾人原本連二人若是起爭執的話，他們該怎樣勸架都想好了！

誰知道安東尼奧與堇青竟相處得很不錯，甚至完全沒有新婚夫婦間常有的爭吵狀況。說他們已經進化到老夫老妻模式又不對，因爲這二人有時候又比熱戀期的情侶更加膩味。

總而言之，堇青與安東尼奧婚後的這幾年，教廷眾人都吃狗糧吃到飽。就連主教大人都差點兒想在教廷訂立一條「不准在公眾場所放閃」的新教規了！

二人的婚姻幾乎完美，唯一的遺憾便是結婚數年他們仍然未有孩子。

不過，二人對此都像早有預料一般無動於衷，也不知道他們是不是早已在婚前約定了不要孩子。

有些好友忍不住詢問他們，堇青二人都說教廷已經有不少孤兒了，那些就是他們的孩子。

眾人看堇青他們早有默契，又是真心享受著兩人世界，便也不再多說什麼。畢竟每個人想要的生活不同，不一定要婚後有小孩才算是幸福。何況以二人的身分，根本不用擔心年老以後的生活問題。

除了堇青與安東尼奧本身，這幾年他們身邊的人也有了不少改變。

皇帝陛下看菲爾已能夠獨當一面後，便果斷地退位了，開開心心地帶著皇后到處旅行。

菲爾當上了皇帝，也許最近被堇青與安東尼奧多年如一日的戀愛酸臭味刺激到，開始嚷著要談戀愛。可惜至今仍未遇上喜歡的人，可說是職場得意、情場失意的代表。

堇青正式收了黛西做學生，並把她當接班人培養。如無意外，黛西便是下一任的大祭司了。

黛西已經從小姑娘長大成人，並且還結婚了。最有趣的是，她的丈夫正是當年熱烈追求奧蘿拉、後來被邪靈控制出手攻擊堇青的聖騎士彼得。

當年彼得之所以攻擊堇青，雖然是因爲受到邪靈控制，可是仍有不少人對此無法諒解。畢竟要不是眞神出手，堇青與安東尼奧說不定在那時便被彼得殺了，空間裂縫也無法成功填補。

就連彼得自己都無法原諒自己做過的事情，再加上他是眞心喜歡奧蘿拉，自己心中的女神竟然利用邪靈操控自己，對彼得來說是個不小的打擊。

那時候黛西看他可憐，便經常鼓勵他，結果一來二往便與彼得對上了眼。

後來彼得爲了贖罪，出過多次危險的任務，立了不少戰功，成功讓教廷那些不滿他的聲音閉嘴後，彼得便向黛西求婚了。

因爲彼得曾迷戀過奧蘿拉，因此堇青一直認爲彼得喜歡那種柔情似水的女生，得知二人的事情時感到很意外，心想這也許正是所謂的緣分吧。

還未在一起的時候，總會對將來的戀人有著各式各樣的期盼與要求。然而當眞的遇上那個人時，卻發現以前訂下的諸多喜好都是虛的，「愛」根本就沒有所謂的框架。

現在看著彼得小心翼翼扶著懷孕的黛西來拜訪她的模樣，堇青不由得慨嘆五年過去了，看著黛西從少女成長爲出色的女性，她總有種當媽的感覺。

尤其黛西現在才剛成年不久，堇青總覺得她還小呢，對方卻已經要當母親了。然後堇青明明今年只有二十四而已，便要當婆婆啦！

眞是歲月催人老……

「青青妳慨嘆什麼？如果把之前妳在其他小世界活過的歲數加起來，妳都已經是個老妖怪啦！」腦中傳來團子歡快的聲音。

「哼！本小姐永遠心境年輕。」無論是怎樣的女人，年齡對她們來說都是個敏感的話題。

團子也知道自己觸碰到了雷區，立即龜縮了起來不敢作聲。

堇青看團子自動消音便不再理會它，轉向黛西與彼得，看著黛西大得驚人的肚子，不贊同地皺起了眉：「黛西妳的月份大了，有事情的話喚我過去就好。」

「其實也沒有什麼事情，就是悶得發慌，想來找堇青大人妳說說話而已。反正在教廷內也不會有什麼事情，妳先前不也讓我別經常坐著躺著，勸我多走動一下，生孩子的時候會比較容易嗎？」黛西上前親暱地挽起堇青的臂膀。

黛西認識堇青時年紀還小，對她來說堇青除了是她的老師外，在黛西心目中，更像姊姊與母親，是個一直看護著她長大、仿如親人般的存在。因此兩人的年紀雖然差距不算很大，但黛西面對堇青時卻總愛像個後輩般撒嬌。

一旁的彼得則笨拙地把責任攬到身上：「是我提議過來的，不關黛西的事。我會好好保護她，請妳別擔心。」

堇青在心裡翻了翻白眼，心想到底是誰決定要過來，這答案實在太明顯了吧？

彼得絕對有著妻奴屬性，先前對奧蘿拉時有求必應，現在對黛西的要求也永遠只有好好好。

也不知道如果奧蘿拉仍在，看到黛西與彼得現在幸福的模樣，會不會後悔自己放過了這個寵愛妻子的好男人，而選擇虛無縹緲的俊美外貌與權力地位？

「哼！我只是怕黛西在我這裡出事的話，會害得我惹上麻煩而已。誰擔心她呀？」即使過了多年，堇影后的演技一直在線，依然牢牢地記著人設。

二人已很習慣堇青的口不對心，黛西完全過濾了堇青這故意掩飾自己關心的彆扭話語，興致勃勃地與她閒話家常。彼得則是把妻子送來後，便離開去工作了。

堇青還以爲她特意過來是有什麼事，結果還眞的只是找自己聊天，說的都是誰誰誰在一起了，誰誰誰昨天褲子穿反……根本悶了一肚子八卦想找人分享啊……

雖然心裡很無言，但堇青其實也清楚，隨著預產期的接近，黛西心裡難免緊張。尤其這是她的第一胎，從未經歷過的事情更讓人感到害怕。黛西也只是想留在自己信任的人身邊，這樣會讓她感到更安心。

因此堇青對這些八卦表現出很大的熱情，陪著黛西聊了大半天，直至彼得工作結束前來接人，黛西這才依依不捨地離去。

結果黛西離開沒多久，堇青便收到了對方產子的消息。雖然很擔心，但堇青並沒有立即趕過去。畢竟孕婦生孩子需要不少時間，再加上有接生經驗豐富的助產士在，根本用不上她。

以堇青的身分，她過去不只幫不上忙，其他人還要顧忌她，這不是添亂嗎？

堇青只讓人關注著黛西的消息，好歹她在上一世師承神醫，還幫婆婆接生過，真有個萬一，她也好趕過去救場。

誰知道，黛西這次生產還真的出了問題，嬰兒的胎位不正，以致黛西怎樣也無法順利將孩子生下來。堇青得知此事後，立即收拾了需要使用的東西便往產房跑。也幸好堇青早就讓人關注對方的狀況，不然一個祭司難產這種事，誰也不會因此特意打擾大祭司。

當堇青趕過去的時候，黛西已經意識模糊，也沒有多少力氣了。床單都被鮮血浸濕，一旁有兩名祭司輪流爲她治療。

可惜黛西這不是病，要是孩子一直生不出來，無論多少治療術也無法挽救，只能暫時延長她的生命而已。

彼得一直握著黛西的手，臉上滿是淚痕。都說「男兒有淚不輕彈，只是未到傷心處」，現在彼得面臨著失去妻子與其腹中的孩子，悲痛的心情可想而知。

看到堇青出現，彼得哽咽著道：「堇青大人是來與黛西道別的嗎？她一直很喜歡親近妳，有妳來送她一程，黛西一定很安慰……」說到這裡，這個可憐的男人已經泣不成聲。

堇青卻按住他的肩膀，語氣強硬地說道：「彼得，現在還不到放棄的時候。我有辦法救黛西，只是方法很特殊，就看你敢不敢。」

彼得霍地抬頭，眼中迸發希望：「可以救她？堇青大人妳有辦法？求妳救救黛西！」

堇青道：「我會盡力，然而我的辦法是剖開黛西的肚子將嬰兒取出，這方法你能接受嗎？」

彼得聞言，整個人都愣住了，不只彼得，就連旁邊的人都被堇青的話嚇到，實在是這方法太驚世駭俗了點。

「肚子都切開了……人還能夠活嗎？」彼得吶吶地詢問。

堇青解釋：「我會小心不傷到黛西的重要器官，把嬰兒取出後便將傷口縫合，並且立即用聖光治療傷口，保證連疤痕也不會留下。反正現在黛西與孩子只能等死，我們何不放手一搏？」

堇青最後的話顯然說服了彼得，只要還剩下一絲希望，他絕不願意放棄。

見彼得點頭應允下來，堇青鬆了口氣。雖然即使他不願意，堇青還是會罔顧他的意願選擇替黛西剖腹。

只是無論如何彼得都是黛西的丈夫，要是因爲無法接受剖腹生產，在事後厭棄黛西與那個孩子，那對黛西來說絕對是個不小的打擊。幸好黛西的眼光不錯，彼得並沒有讓她失望。

有了彼得的首肯，堇青便準備手術需要的用具。這個世界有著聖光這般神奇的治療方式，倒是爲堇青省掉了不少麻煩。

見堇青還眞的拿出閃亮亮的刀具，那些祭司與助產士都白了臉。堇青想到一會兒祭司也許還有用處，可是助產士卻用不上了，便讓她先離開。也省得對方待會看到什麼血腥的場面暈倒過去，還要添亂呢！

待助產人員離開後，堇青便開始爲黛西麻醉，然後剖腹了。

雖然無論是彼得還是那兩名祭司都是上過戰場、見過血的人，然而看著堇青一臉冷靜地把人活生生剖開，那種恐怖的血腥感卻是不同，總覺得面不改色的大祭司大人很變態呀！

其中感受最深的人莫過於彼得，被活生生剖開的人可是他深愛的妻子。如果不是信任堇青，彼得都忍不住要上前阻止了！

然而彼得因爲對堇青的信任而沒有動作，可有些人卻對這場手術懷著很大的惡意。也許對方相信堇青在救人，但有時候爲了一些利益，卻又想藉著這次機會把一些不好的罪名按到堇青身上。

所以，手術開始不久，外面便傳出騷動。有些人聽說堇青要替孕婦剖腹生產後叫嚣著這是邪法，甚至過來要阻止她進行手術。

那些人雖然懾於堇青的威嚴，一時三刻不敢闖進產房，但要是堇青不停下手術、出去把事情交代清楚的話，只怕這些人很快便待不住了。

此時手術已到了關鍵時刻，打斷不得。彼得道：「我去外面看看。」

堇青卻阻止：「不，你還是先留在黛西身邊吧。」

在這種關乎生死的時刻，彼得當然也想要留在妻子身邊，只是外面那些人太張狂了，彼得無論如何都不能讓他們打斷手術的進行。

可既然堇青這樣說，他便暫且留下，要是那些人真的要闖進來，他再去處理好了。

門外那些人見堇青竟然完全不理會他們，便邊叫嚷著大祭司正舉行邪教儀式，邊上前要砸門闖進去。

就在此時，一聲呼喝聲從後傳來：「現在大祭司在努力救人，要是誰敢踏前半步，別怪我不客氣！」

隨著這呼喝聲，一道凌厲劍氣劃過這些人身前，要是他們再往前兩步，便會被劍氣所傷。

看清楚來人，那些想要生事的人都露出心虛的表情，隨即裝腔作勢地斥喝：「安東尼奧，你瘋了！人祭司大人行使邪術，你不僅不阻止，還要當幫凶嗎？」

安東尼奧冷笑道：「阿堇在救人，你們硬要說她在舉行什麼邪教儀式，我倒是要問你們有什麼意圖。」

那些人還想反駁，安東尼奧已續道：「人命關天，我是絕對不會讓你們去打擾阿堇的。可要是你們真有疑惑，我也不會徇私。待那嬰兒平安出生後，我便讓他們到真神的神像前驗證。任何邪魅在真神面前都無所遁形。」

聽到安東尼奧這麼說，即使有些人是故意鬧事，卻也沒有藉口了。

堇青在產房裡聽著安東尼奧的安排，只覺得對方的處理無一不合她的心意。要是安東尼奧單單只是用武力鎮壓，這難免讓人不服，現在這麼處理是最好的。
其實即使安東尼奧不做任何保證，堇青在事後還是會走這一趟，向大家證明她的清白。
想不到安東尼奧與她想到了一處，不說他們心有靈犀也不行呢！嘻嘻！
堇青心裡喜孜孜地傻笑著，手上的動作卻很穩，終於將嬰兒取了出來。小嬰兒在母體裡顯然待得有點久，臉色都變成青紫色，如果再遲一些取出，說不定已經沒命了。
兩名祭司連忙接過嬰兒，並用聖光替他治療。那是個個頭不小的男嬰，治療後終於哇哇大哭起來，哭聲倒是滿洪亮的。
接下來眾人還來不及高興，便看到了令人驚恐的一幕。
本以爲大祭司大人活生生把人的肚子剖開已經夠凶殘，誰知道更恐怖的還在後頭……堇青拿出了針線，像縫衣服般把黛西被剖開的腹部縫合起來！
無視彼得與兩名祭司快要崩潰的心情，堇青邊縫邊解釋：「原本用醫療用的羊腸線縫合傷口，線會在體內融化，那便不須拆線了。可惜我沒有預先準備，就只能找其他線代替。之後用治癒術讓黛西傷口癒合，我再替她拆線就好了。」

因爲成功救出嬰兒，堇青的心情很好，話便說多了一些。然而這一針一線把人當成衣服縫合，還有心情談笑風生的模樣實在很嚇人。

彼得自覺看過不少大場面，可現在還是有些腿軟。心裡慶幸著安東尼奧來得及時，攔著外面那些找麻煩的人不讓他們進來，不然讓那些人看到這場面，一定會更加確定堇青在主持什麼邪教儀式了。

只見堇青把黛西的傷口仔細縫合以後，便使出治癒術治好她的傷口。然後如她先前所言般，拆線後，黛西腹部的傷便全好了。

整個手術過程簡直爲房裡幾人開了一道新世界的大門，眾人如在夢中，直至堇青說話，才把發飄的思緒拉了回來：「待麻醉藥效過去，黛西便會清醒過來。雖然她的身體已經沒大礙，不過這次出了很多血，治癒術能夠治好她的傷，卻終究失了血氣，事後要好好補回來才行。」

彼得看著臉色雖然蒼白，可是呼吸安穩的妻子，心裡對堇青萬分感激。想到自己差點兒便要失去黛西與孩子，便是一陣後怕。

堇青讓祭司將孩子交到彼得手上，笑道：「好啦，現在安心下來，你也抱抱這個孩子吧！」

彼得接過兒子，只覺嬰兒小小的很柔軟。先前他把所有心神都放在手術上，待確定了黛西的安危以後，才打從心底感受到了當父親的喜悅。

既然事情已經解決，堇青便離開產房，威武地去給那些找麻煩的人打臉了。

那些人被安東尼奧攔著，臉色難看得很。好不容易終於等到大門打開，卻見彼得抱著嬰兒，滿臉都是喜悅。想到彼得與黛西鶼鰈情深，他現在這麼高興，顯然不只孩子，連黛西的性命都保住了。這讓那些想找麻煩的人，臉色變得更加難看。

堇青看著眼前這些人，冷笑道：「我現在就與你們一起去眞神神像面前確定清白，如果我眞的身懷邪術自然要受到處罰。相反，你們誣衊大祭司，明知道我在救人卻不理黛西與孩子的性命硬要闖進來，顯然已犯了教規，到時候我會把你們交給裁判所處理。」

見堇青如此硬氣，便知道她的確於心無愧。其實這些人大部分都不認爲堇青在使邪術，只是對方白埴補空間裂縫後風頭太健，這些人要不是嫉妒她，便是與她有利益衝突。這才想著故意在她進行手術時闖進去，到時候便可以把黛西的死亡推到堇青身上。

現在聽到堇青的話，他們便知道自己大勢已去。再加上堇青本就是個強勢的人，她的丈夫安東尼奧也不是好惹的，這些人已經預想到自己的悲慘下場。有好幾人都忍不住軟了腿，亦有些人向堇青說軟話，希望對方能夠看在大家都是同僚的份上不追究。

然而堇青可不會放過他們，這些人計算她的時候哪有半分心軟？現在竟厚著臉皮與她談同伴之誼，他們也配？

何況，他們還不顧黛西及她腹中孩子的性命，這是堇青絕對無法容忍的。

爲了上位而打壓對手，這是很多人都會做的事情，輸了只能說技不如人。可是拿孕婦與嬰兒的性命來當籌碼，這種人連畜生都不如！

這一天，堇青救了黛西與她的孩子，這份壯舉迅速宣揚開來。

雖然剖腹生產的方法是血腥了點，對這個小世界的人來說有些難接受，可是當權者是很現實的，人口就是勞動力，有不少孕婦生產時因爲胎位不正或者胎兒太大等各種原因，最終落得一屍兩命的下場。然而只要學得了堇青的剖腹技術，那麼便能拯救不少性命。

何況堇青已經到眞神的神像前證實了她的清白，這手術雖然血腥卻並不是什麼邪術，是正正當當的醫術。

因此當權者欣然決定推廣這個醫療方法，爲了推行剖腹生產，向人們證明這是邪術的說法是誣衊，那些找堇青麻煩的人的刑責又被加重了些，當了儆猴的雞……

不過對於這些人，堇青已經不在意了。她當晚完成手術後便被邀請到皇宮商議推廣剖腹生產的治療方式，可忙了。

因此當彼得與黛西抱著小嬰兒前來感謝時，堇青還未回來。大人可以等，可剛出生的嬰兒還太小了，因此黛西他們只得先回去，明天再過來向堇青表達謝意。

離開時，彼得想起了什麼般停住腳步，詢問安東尼奧：「安東尼奧大人，先前你把那些人攔住時，你應該剛從外面出任務回來，什麼事也不清楚對吧？你就不怕我們眞的在裡面做些什麼不可告人的事情嗎？」

安東尼奧聞言，毫不猶豫地說道：「我相信阿堇。」

聽到對方堅定的話，彼得覺得有件事情他必定要告訴對方：「昨天我想出去阻止那些人，然而堇青大人卻讓我安心待在黛西身邊，後來你便來了。我事後詢問堇青大人爲什麼會認爲你能及時出現，又怎樣能篤定你在不知內情的狀況下會出手幫助我們？」

頓了頓，彼得勾起了嘴角，續道：「堇青大人的答案與你一樣呢！她說：『我相信他』。」

當堇青終於處理完事情回到家裡時，彼得夫婦已經帶著兒子離開了。

看到安東尼奧的時候，堇青挑了挑眉：「怎麼了？一副心情很好的模樣，是有什麼開心的事情嗎？」

雖然安東尼奧的情緒總是比較內斂，然而經過了兩世的相處，堇青已能輕易看出這個悶騷的男人暗藏在冷靜表面下的好心情。

安東尼奧沒有說話，只上前把堇青抱在懷裡。

堇青溫順地依在安東尼奧懷中，這個懷抱像是個讓她避風的海灣般，總能讓她感到安心。

然而溫馨的時光沒有持續多久，堇青倏地離開了安東尼奧的懷抱，並扯起他的衣袖。果見對方手臂的位置束著繃帶，繃帶還隱隱透出鮮血。

「怎麼不讓隨行的祭司治療？」堇青皺起了眉，手虛按上安東尼奧的傷口，一陣柔和的聖光從手心浮現，便將安東尼奧的傷口治好了。

安東尼奧解釋：「這次的戰況比較激烈，有不少戰友受了重傷，便先讓祭司為他們治療。結果回來時發生了黛西的事情，我便把這事忘了。」

堇青有些生氣地道：「這種事情也可以忘記的嗎？」

安東尼奧道：「傷勢又不重，憑我們聖騎士的體魄與自癒能力，即使不理會也很快便會痊癒了，以前都是這樣子過來的。」

看著安東尼奧理所當然的模樣，堇青嘆了口氣，握著他的手道：「以前獨自一人，受了苦、受了委屈也只能自個兒默默承受。可現在我們在一起了，你自然有我來心疼，以後可不許再這樣了。」

雖然安東尼奧並不覺得這種小傷有多須要值得在意的，可堇青的關心卻令他很動容。仔細想想，要是堇青受了傷卻不告訴他，大概他也是會很心疼吧？

於是安東尼奧老老實實地道歉了：「是我錯了，抱歉。」

堇青冷哼了一聲：「你可別覺得我囉唆，我就是關心你，這是愛呀！」

看著毫不害羞地把「愛」掛在嘴邊的妻子，安東尼奧眼中滿是笑意：「是嗎？『愛』是什麼？」

本以爲堇青會被他這個問題考倒，誰知道只見堇青一本正經地唸道：「愛是恆久忍耐，又有恩慈。愛是不嫉妒。愛是不自誇，不張狂……」

團子聽得都拜服了：「要是讓眞神知道妳用其他宗教的金句來撩他的聖騎士長，小心祂跳出來收拾妳喔！」

堇青道：「你以爲誰都像你這般喜歡聽牆角的嗎？我在與我家的親親愛愛，團子你這個單身狗就別看了。」

說罷，堇青啓動靈魂之力屏蔽了團子的窺視，她的靈魂經過多個世界的錘鍊，使用靈魂之力已經愈來愈熟練了。

可憐團子自從上個世界起，每當堇青與愛人卿卿我我的時候便會把它屏蔽，就像現在一樣……堇青說完這句又把它屏蔽了！

可憐的團子，只得失落地蹲在鏡靈空間裡，伸出短短小爪子在地上畫圓圈……

堇青對此可沒有任何內疚，她才不喜歡與戀人親熱時被別人旁觀呢！

屏蔽團子後，堇青便徹底放飛自我，她舉起雙臂環抱著安東尼奧，呢喃著續道：「愛就是彼得對黛西母子的關懷與愛護，就是我看到你受傷會感到心疼，就是你對我的維護與信任……」

菫青說話的聲音愈來愈輕，二人的唇瓣不知不覺間緊貼在一起。

再多的話語，也無法形容出這親密無間的熱烈情感。

這就是愛。

〈愛的眞諦〉完

▲後記

哈囉～大家好！感謝大家購買《炮灰要向上》第二集，謝謝大家支持！

這一集的背景是《懶散勇者物語》N年以後的世界，有沒有感到很親切呢？

記得在《懶散》完結時，有不少讀者都詢問卡斯帕去找羅奈爾得的轉世，最後有沒有成功找到呢？

這個問題，在《炮灰02》便有分曉了。

另外大家看了內文後也許會有此疑惑，到底眞神爲什麼會挑選奧蘿拉這種品行不合格的人來當勇者呢？

其實答案很簡單，因爲卡斯帕是胡亂選的XD

當年卡斯帕挑選夏思思當勇者是用了心，因爲祂需要這位勇者來與闇之神作戰，因此夏思思的能力與人品都很重要。

然而在《炮灰02》的故事中，勇者只是聖光的載體，就像堇青所說般是個人形電池。她不須要多聰明多能幹，只要教廷的人把她帶到封印之地，讓她利用體內的聖光修補裂縫就好。

所以這次卡斯帕選人便沒有這麼多講究，祂只是隨意選了一個順眼的人，以一身聖光作報酬便把人送了過去。

本以爲這次的勇者只是當個吉祥物，有教廷的人看著也出不了事情，結果把人送去沒多久，卡斯帕便被堇青天天告狀，煩得祂親自過去收拾殘局了。

所以大家便原諒卡斯帕眼盲，選了奧蘿拉當勇者吧！畢竟奧蘿拉的外表清純不做作，看起來還滿有欺騙性的嘛！

不知道大家有沒有注意到，這一集的作者頭像是我新的家庭成員？這隻蜜袋鼯是我新養的小寶貝，是個名叫糖糖的可愛小女生。

自從養了蜜袋鼯以後，便有不少朋友表示對這種寵物很有興趣。

然而我要告誡大家，蜜袋鼯算是頗難養的寵物。牠們小小的一隻，可是居住的空間不能太小。食物方面要有鮮食如HPW食譜、雞肉、活蟲、新鮮水果與蔬菜，還要另外補充其他營養如鈣質。牠們很挑食，給的食物不一定願意吃。牠們不懂得在固定的地方上廁所，有時候會在主人的身上大小便。晚上會叫，叫聲還滿洪亮的。有些蜜袋鼯會朝籠外大小便，或者亂丟食物造成髒亂。心情不好時，牠們會咬人，服從性並不高……

想養小蜜的朋友們，以上這些你們都能夠接受嗎？當然還有很多其他須要注意的地方，我就不在此一一述說了。大家眞的想飼養的話，可以先上網找資料。現在網路很發達，相關的資料並不難找，記得養寵物前一定要先爬文做好功課喔！

在養糖糖以前，我花了很長的時間看資料，也做足了各種心理準備才下定決心飼養。幸好糖糖是個滿乖的孩子，就是喜歡清晨呼叫我、咬我的手，而且眞的非常非常挑食！

我現在還在爲讓牠願意吃肉而奮戰著，都試過很多不同的方法了，怎麼牠就是不愛吃肉呢？（謎）

順帶一提，番外結尾中堇青向安東尼奧說的話，來自聖經〈哥林多前書十三章〉。

「愛的眞諦」除了是這次番外的名字，同樣也是一首詩歌的名字。詩歌的歌詞亦是出於〈哥林多前書〉，大家有興趣可以聽聽喔！

那麼，我們第三集再見了！

香草

炮灰要向上

【下集預告】

這真是穿越者最不想面對的世界呵——
人們死而復生，卻變成了凶猛的活死人！
末世中，人性是最不能信任的東西，
偏偏堇青穿越後卻遇上了妥妥的豬隊友……
演遍各種身分的超級影后絕不活得憋屈，
變身戰士，挑戰末世求生法則！

vol.3〈穿越變成末世戰士〉2018冬，敬請期待！

國家圖書館出版品預行編目資料

炮灰要向上 / 香草 著.
——初版. ——台北市：魔豆文化出版：蓋亞文化發行，2018.10
冊；公分.（Fresh；FS161）
ISBN 978-986-96626-2-8（第二冊：平裝）
857.7 107010430

fresh FS161

炮灰要向上 vol.2

作　　者　香草
插　　畫　天藍
封面設計　克里斯
責任編輯　黃致雲
總 編 輯　沈育如
發 行 人　陳常智
出 版 社　魔豆文化有限公司
發　　行　蓋亞文化有限公司
地址：台北市103承德路二段75巷35號1樓
電話：02-2558-5438　傳真：02-2558-5439
電子信箱：gaea@gaeabooks.com.tw
投稿信箱：editor@gaeabooks.com.tw
郵撥帳號 19769541　戶名：蓋亞文化有限公司
法律顧問　宇達經貿法律事務所
總 經 銷　聯合發行股份有限公司
地址：新北市新店區寶橋路二三五巷六弄六號二樓
電話：02-2917-8022　傳真：02-2915-6275
港澳地區　一代匯集
地址：九龍旺角塘尾道64號龍駒企業大廈10樓B&D室
電話：+852-2783-8102　傳真：+852-2396-0050
初版二刷　2021年10月
定　　價　新台幣 199 元
Published and printed in Taiwan

ISBN 978-986-96626-2-8

魔豆

魔豆